SA MORTELLE CAPTIVE

RENEE ROSE
LEE SAVINO

Traduction par
AGATHE M
Édité par
ELLE DEBEAUVAIS

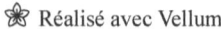

LIVRE GRATUIT DE RENEE ROSE

Abonnez-vous à la newsletter de Renee

Abonnez-vous à la newsletter de Renee pour recevoir livre gratuit, des scènes bonus gratuites et pour être averti·e de ses nouvelles parutions !

https://BookHip.com/QQAPBW

BANDE ORIGINALE (COMPILÉE PAR AUBREY CARA)

Hopeless Romantic - Michelle Branch
I Put A Spell on You - Annie Lennox
Adore - i:cube
Ooh La La - Goldfrapp
Somebody - Project 0
The Dark Side - MUSE
Handsome Boy Modeling School - The Truth
Glass Animals - Hazey
ODESZA - Say My Name
Stateless - Bloodstream
Trixie Whitley - Breathe You In My Dreams
Alan Walker - Faded
The Tenors - Who Wants To Live Forever ft. Lindsey Stirling
Daisy Gray - Wicked Game
Isak Danielson - Power
Somersaults In Spring - Friends of Gemini
Ahmad Jamal - Stolen Moments
Modern English - I Melt With You

CHAPITRE 1

a̶urélia

Quand je quitte le Centre pour Personnes Handicapés de Tucson, la lune est haute dans le ciel nocturne. Je marche lentement et grimace. Mes ballerines grises à pois blancs sont super jolies, mais elles sont flambant neuves et ne se sont pas encore faites à mes pieds. De toute façon, après douze heures de travail jusqu'à minuit, quelles que soient les chaussures, j'aurais mal.

— Aurélia, attends !

Ma collègue Gwen se précipite hors du bâtiment et m'emboîte le pas. Ses cheveux sont fraîchement ramenés en queue de cheval haute, et elle a enfilé une paire de talons. J'ai mal pour elle.

— Meuf, je ne sais pas comment tu fais pour avoir autant d'énergie après le boulot.

J'ai quand même ma petite idée. Gwen est plus jeune que moi et ne travaille qu'à mi-temps. Elle effectue son stage ici avant de commencer son Master à l'automne.

— Je dois être un oiseau de nuit.

Elle hausse les épaules et tend le bras, ses clés à la main, pour déverrouiller la toute nouvelle Volkswagen Coccinelle que son père lui a offerte à Noël. Je n'aurais sans doute pas choisi le jaune banane comme couleur pour mon véhicule, mais je dois admettre que ça colle bien avec la personnalité solaire de ma collègue. En plus, quand on finit tard, la carrosserie brille dans le noir.

— Hé, tu veux venir en boîte avec moi ?

— Maintenant ? Tu es sérieuse ?

— Oui, répond Gwen, qui s'arrête près de sa voiture pour refaire sa queue de cheval déjà parfaite. Il y a un nouveau club que j'ai envie de découvrir. Tout le monde dit que c'est génial.

— C'est quoi le nom ?

Je lui demande par politesse, mais je n'ai pas la moindre intention de me rendre où que ce soit ce soir, à part dans mon lit. Je ferai peut-être un petit voyage jusqu'au frigo, si je suis d'humeur aventureuse.

— Toxic Club.

Un fourmillement me parcourt l'échine, et mes bras se couvrent de chair de poule comme si une brise fraîche venait de souffler. Gwen ne semble rien sentir, occupée à se remettre du gloss. Je frissonne visiblement, et elle le remarque.

— Ça va ?

— Oui, réponds-je en me frottant le bras. Quelqu'un a dû piétiner ma tombe, ou un truc comme ça.

Gwen pousse une exclamation, sa bouche pleine de gloss ouverte dans une expression horrifiée.

— Quoi ?

— Rien. C'est le genre de trucs que dirait ma grand-mère. Juste une expression. Quand on a un frisson... c'est que quelqu'un a piétiné notre tombe.

— Beurk, répond Gwen.

Elle ne semble toutefois pas trop perturbée, car elle finit d'appliquer son gloss avant de remettre le tube dans son sac.

— Alors... on va en boîte ?

— Une prochaine fois ? Je suis crevée.

Gwen fait la moue.

— Tu dis toujours ça.

Parce que c'est vrai.

— Je dois me lever tôt demain. Je bosse et je donne des cours.

— Trop chiant.

— Eh oui, c'est ma vie. On ne peut pas toutes être aussi glamour que toi.

Gwen se mord la lèvre.

— Ça fait une éternité que je supplie Chad de m'y emmener.

Je hausse un sourcil, tentée de lui demander pourquoi elle ne peut pas se passer de Chad et y aller toute seule. Mais suggérer de mettre son fiancé parfait de côté pour une soirée lui paraîtrait impensable.

— Oh, je sais ! s'exclame-telle, rayonnante. Je peux demander à Chad de faire venir un de ses copains pour toi.

— Oh non, pitié.

Un rencard à l'aveugle arrangé par Gwen ?

— C'est très gentil, mais non merci. Je ne cherche pas vraiment de mec. Et même si c'était le cas, je doute qu'un homme pris au hasard soit « le bon ».

Je mime même les guillemets autour du mot. C'est un concept dont nous avons longuement discuté, toutes les deux.

Gwen croit au grand amour, le seul et l'unique. Pas moi.

Je réalise que j'ai commis une erreur en parlant du *bon* quand Gwen écarquille les yeux et reste bouche bée.

— Tu ne peux pas savoir, me dit-elle. Il est quelque part,

à te chercher. C'est peut-être le destin qui cherche à vous rassembler.

— Dans ce cas, le destin va devoir l'envoyer directement chez moi, parce que c'est là que je vais. Bonne nuit, Gwen.

Je tourne les talons en direction de mon appartement.

— Attends, tu pars à pied ? me lance Gwen. Tu n'as pas de voiture ?

— Non. Mais ne t'inquiète pas. Je vis tout près.

À cinq rues d'ici. Pas si près que ça, mais assez pour y aller à pied. Je presse le pas dans la direction opposée, refusant d'un geste de la main que Gwen me ramène.

Le fourmillement dans ma nuque persiste, et je me frotte les bras en marchant. Ce n'est pas nouveau. Depuis quelques jours, j'ai l'impression d'être suivie. Trop bizarre.

Aux confins de mon champ de vision, quelque chose bouge. Une forme blanche, presque sépulcrale, volette vers moi, et je fais un bond de deux mètres avant de réaliser qu'il s'agit d'une feuille de papier. Elle atterrit à mes pieds, et je la ramasse. À la lueur de la pleine lune, j'arrive très bien à la lire.

Tenue Correcte Exigée. Entrée Gratuite pour les Femmes.

C'est un flyer pour une boîte de nuit. Il y a un logo sur un coin de la feuille, et quand je l'aperçois, mon corps est parcouru d'un nouveau frisson.

Toxic Club. C'est la boîte dont me parlait Gwen. Si ma grand-mère était là, elle me dirait que c'est un signe.

Ou alors... je suis fatiguée, tout simplement. Mon corps épuisé déraille. Ce Toxic Club n'est qu'une coïncidence, l'univers n'essaye pas de me faire passer un message.

Je chiffonne le flyer et continue à marcher.

~

Charlie

Ma proie mortelle jette un morceau de papier dans une poubelle, réajuste son sac sur son épaule et reprend sa route. D'après mes renseignements et mes observations, elle vit seule et n'est pas très sociable.

Parfait pour mes projets.

Je la suis le long de Congress Street. Si tout se passe comme prévu, je la coincerai cette nuit. Le roi de ce territoire ne doit pas savoir que je suis ici, alors j'entrerai, je prendrai ce que je veux, et je m'en irai.

Et seule une pauvre mortelle saura que j'étais là...

～

Aurélia

Je boitille dans les rues sombres du centre-ville et jette des regards dans les ruelles adjacentes. Congress Street est sûre et animée, en général, mais il est tard, et c'est un soir de semaine. Il n'y a presque personne dehors.

Mais la lune éclaire mon chemin. Je lève les yeux vers la lueur argentée et hume l'air. Prendre un instant pour savourer la beauté de la nature me fait toujours du bien. Après cette communion avec la lune, même mes pieds me font moins mal.

Je suis presque arrivée chez moi quand une grande ombre se détache d'une ruelle et me bloque le passage.

Je sursaute, mais je m'aperçois qu'il s'agit seulement d'un homme. Il ne m'a pas l'air trop menaçant. Grand et pâle, il est vêtu d'un pantalon de costume noir et d'une chemise blanche avec une fine cravate. Sans doute un homme d'affaires qui rentre après un dîner et quelques verres. Par précaution, je tiens mes clés entre mes doigts comme j'ai appris à le faire au cours d'autodéfense de ma fac.

L'homme se dirige vers moi. Plus il se rapproche, plus il me semble grand, et mon cœur commence à s'emballer. *Tout va bien. Tout va bien.* Il est inoffensif. Pour chasser ma peur, je m'imagine qu'une énorme boule de lumière blanche m'entoure. C'est un petit exercice bébête que j'ai inventé, mais il m'a toujours aidé à me calmer. Parfois, je m'imagine que j'arrive à voir la lueur de cette aura du coin de l'œil.

Et ça marche. Dès que je visualise cette aura blanche, je me sens plus apaisée. C'est alors que quelque chose d'étrange se produit.

L'homme qui se dirige vers moi s'arrête net. Et il regarde mon aura comme s'il arrivait à la voir.

Je me fige comme un lapin pris dans les phares d'une voiture.

Ma peau se couvre de chair de poule alors qu'un sourire s'étale sur le visage de l'inconnu.

— C'est pour moi, ça ? demande-t-il d'une voix traînante avec un accent anglais qui s'avère être assez sexy.

Le clair de lune fait scintiller ses canines étrangement longues.

Un vampire.

J'ignore pourquoi, mais ce mot s'impose clairement à moi.

L'homme sourit de plus belle, comme pour mieux me montrer ces canines bien-trop-longues-pour-être-humaines.

— Oui, ronronne-t-il comme si j'avais parlé à voix haute. Et toi, tu es... quoi ? Une sorcière ? Une prêtresse ? Ou quelque chose d'autre... quelque chose d'*exceptionnel* ?

Sa voix est pleine de révérence alors qu'il tend les doigts pour toucher ce qui correspondait aux contours de ma boule de lumière. L'espace d'un instant, je vois clairement ce que j'avais seulement aperçu jusqu'à présent : un mur de protection scintillant qui repousse ses mains.

Un frisson me monte le long de la colonne vertébrale.

Même dans la pénombre, je vois à quel point il est beau. Cheveux bruns, mâchoire carrée. Pommettes assez saillantes pour se couper dessus. Il est pâle, mais il a des cernes noirs sous ses yeux sombres.

Je ne peux pas m'empêcher de le fixer du regard. Pire que la fois où j'ai vu une star de cinéma dans un café. Si ce type me demandait mon nom, je bredouillerais n'importe quoi. Peut-être même que je baverais. Il est canon à ce point.

Et il en est conscient. Il a un sourire en coin alors qu'il observe ma réaction d'un air fasciné. Il braque son regard étincelant sur moi, et nos yeux s'aimantent. Les siens sont si foncés que je n'arrive pas à distinguer la pupille de l'iris.

Un déplacement d'énergie a lieu en moi. J'ai l'impression que la rue glisse sous mes pieds, et quand je fais un pas pour ne pas perdre l'équilibre, mon ventre semble se déplacer vers la gauche et ma poitrine vers la droite.

Au ralenti, l'homme lève la main. Sans cesser de soutenir mon regard, il claque des doigts.

Et ma bulle de lumière... *disparaît*.

Je pousse une exclamation et vacille. Je suis aussi essoufflée que si je venais de courir deux kilomètres. Je me raidis, prête à m'enfuir.

Son sourire s'élargit.

— C'est ça, enfuis-toi, ma petite Fée Clochette, murmure-t-il d'une voix grave et sensuelle, comme s'il disait des mots doux à une amante. J'adore courir après ma proie. Ça fait une éternité que je cherche quelqu'un comme toi.

Je titube en arrière. J'ai envie de détaler, mais mes pieds refusent de m'obéir.

— Je... je ne sais pas de quoi vous parlez.

Qu'avait-il dit, plus tôt ?

— Je ne suis ni une prêtresse ni une sorcière. Je ne suis personne. Une simple animatrice à l'école pour personnes handicapées.

L'homme avance lentement, tel un prédateur ravi d'avoir coincé sa proie. Chaque cellule de mon corps me hurle de reculer, mais je parvins à peine à faire un pas en arrière. J'ai l'impression de m'enfoncer dans des sables mouvants.

— Où as-tu appris à faire ça ? me demande-t-il.

— Quoi, la bulle ?

Ces mots sont sortis de ma bouche avant même que je décide si je voulais lui répondre. *Il me contrôle*, me lance mon cerveau sur un ton paniqué. Mais je n'arrive pas à résister.

— Je ne sais pas... c'est un truc que j'ai inventé, j'imagine.

— Puissante, marmonne-t-il pour lui-même.

Ses yeux noirs comme la nuit sont braqués sur moi comme les phares d'un tracteur.

— Tu connais d'autres tours de magie ?

Je secoue la tête si fort que mes cheveux me fouettent le visage. Je regarde alentour pour voir si quelqu'un peut me venir en aide.

— Non, Monsieur.

Je ne sais pas d'où sort ce *Monsieur*, mais le mot me semble tout naturel. Et il semble amuser l'inconnu. Ses lèvres se retroussent pour former un nouveau sourire plein de dents, et ses crocs s'allongent sous mes yeux.

Puis je me souviens d'un détail sur les vampires. C'était quand il avait plongé les yeux dans les miens qu'il avait réussi à faire disparaître ma bulle. Il me suffit de ne pas le regarder en face.

Avec un frisson, je me concentre pour former une autre bulle. J'ai plus de mal, cette fois, comme si je me servais d'un muscle que je n'avais pas sollicité depuis longtemps. Un muscle magique. Mais ça fonctionne. Dès que la sphère blanche apparaît autour de moi, je prends mes jambes à mon cou. Je me précipite dans une rue adjacente et je tends l'oreille, mais je n'entends aucun bruit de pas. Seulement un rire. Un rire grave et onctueux qui me serre l'estomac, pas de peur, mais d'autre chose. C'est le rire le plus sexy que j'aie jamais entendu. Émis par l'homme le plus beau que j'aie jamais rencontré. Musclé et élancé, avec un visage superbe. Et sous sa chemise et son pantalon...

Non ! N'imagine pas le vampire à poil. Mais si je le fais, est-ce vraiment ma faute ? Il a vraiment une aura sensuelle. Le sexe et les vampires, ça va ensemble, non ?

Je cours jusque chez moi, chaque poil de mon corps hérissé. *Qu'est-ce qui tient les vampires à l'écart ?* J'enfonce la clé dans la serrure. Jusqu'ici, tout va bien. Je claque la lourde porte derrière moi, mets la chaîne en place et ferme le verrou. Puis je me précipite vers la porte de derrière. Verrouillée. Les fenêtres : bien fermées. Tout du long, je respire fort à cause de l'adrénaline et de ma course. Mais mon corps est tout mou et alangui, comme si je sortais d'un bain ou, que la Déesse me garde, de mon lit après deux heures à m'envoyer en l'air avec un vampire.

Un pieu dans le cœur. C'est comme ça qu'on tue les vampires. Ça, et l'ail. J'ouvre les tiroirs de la cuisine, à la recherche d'un morceau de bois. Ah, voilà. Un goujon qui fixe au mur le cadre *Vis, Ris, Aime* offert par ma voisine. Le goujon fait deux centimètres de large et quarante-cinq centi-

9

mètres de long. Ça pourrait marcher. Je prends un couteau pour aiguiser la pointe de mon pieu improvisé.

Je lâche le couteau dans un cri quand quelqu'un frappe à la porte de derrière. Ma voisine me lance :

— Hé, Aurélia, t'aurais pas une clope ?

Je n'aurais jamais dû lui dire que je travaillais le soir. Il est minuit passé, nom d'un chien.

— Non, Karen ! Je ne fume pas, tu te souviens ?

Un silence, puis :

— Je me suis enfermée dehors sans faire exprès. Je peux entrer ?

Merde.

Je rejoins la porte sur la pointe des pieds, mon pieu à la main, et je lui ouvre.

À côté de ma voisine se trouve mon harceleur vampire, grand, ténébreux et les crocs à l'air, appuyé contre le cadre de la porte. Bizarrement, je ne suis pas surprise.

CHAPITRE 2

A urélia

— Rentre chez toi, murmure-t-il à Karen.

Elle a les yeux flous, perdus dans le vide. Elle s'éloigne docilement, visiblement ensorcelée par le vampire.

Merci beaucoup, Karen.

Je me tourne vers mon harceleur d'un air courroucé, et je commets une erreur. Mon regard croise le sien, et mon monde devient noir. J'entends un claquement de doigts, et comme la première fois, une drôle de sensation s'empare de mon ventre et de ma poitrine, comme si j'étais poussée dans deux directions différentes.

— Entrez.

Mes oreilles sont horrifiées par ce que vient de dire ma bouche.

Je vois plus clair, et le vampire me montre l'un de ses crocs alors qu'il pénètre dans mon appartement duplex.

— Aurélia, dit-il avec lenteur, comme pour goûter mon nom.

— Oui.

— Je ne suis pas là pour te faire du mal. Ou en tout cas, je ne t'en ferai pas si tu te montres coopérative. Je te cherche depuis très longtemps.

Il me cherchait ? Je tente d'y comprendre quelque chose, mais ses yeux sont si sombres… Indéchiffrables. Je pourrais me noyer dans son regard jusqu'à ce que le monde cesse d'exister. Pourquoi étais-je si inquiète ?

Une petite voix me hurle de résister.

— Je sais que ce n'est pas très conventionnel, poursuit le vampire. Mais la discrétion est primordiale. Je ne dois pas être aperçu à Tucson, et si mes ennemis te trouvaient en train de me parler, tu serais tuée. Ce n'est pas ce qu'on veut, n'est-ce pas ?

Un semblant de logique serpente parmi mes pensées embrumées. *Vampire. Ennemis.*

— Non, réponds-je dans un murmure.

— Si tu coopères avec moi, je te protégerai. Mais si tu me trahis, je te punirai. On est d'accord ?

Son accent rend ses paroles si polies et surannées.

Le tiraillement dans ma poitrine se calme assez pour me laisser prendre une grande inspiration.

— Oui, dis-je alors même que mes doigts se referment sur mon pieu.

— Alors, commençons. On s'assoit ?

Le vampire tourne les talons pour me guider vers mon propre salon.

À l'instant où nos regards se séparent, je reprends mes esprits. Je me jette sur lui. J'abats mon goujon pointu vers le haut de son dos.

Vis, ris, aime, MEURS !

Le vampire pivote et me saisit le poignet si vite que je ne le vois même pas bouger. Une expression agacée apparaît sur son visage parfait. Il grimace alors que ses crocs s'allongent, et il pousse un grondement.

Prisonnière d'un monstre, je pousse un cri. Une nouvelle vague d'adrénaline me court dans les veines. Mon poignet me lance.

— Vilaine petite mortelle.

Le vampire m'arrache le goujon, me prends par la taille et me porte jusqu'au salon alors que je me débats. Un autre cadre – celui-là par Marianne Williamson, qui affirme que je suis incroyablement puissante – s'écrase par terre. Un nouveau coup de pied, et je fais tomber ma jolie bibliothèque. L'œuvre intégrale de Gabrielle Bernstein fait un vol plané. Mais en l'espace d'une seconde, l'univers prend mon parti, car le vampire trébuche. Malheureusement, il se reprend vite, grogne – *carrément flippant !* – et me remet la main dessus.

Voilà, c'est fini. Je suis fichue. J'aurais dû manger une gousse d'ail plutôt que de tenter le coup du pieu.

Le vampire se laisse tomber sur mon canapé de seconde main et, à ma grande surprise, il m'allonge sur ses genoux.

— C'était très impoli, m'informe-t-il de son accent chic en me donnant une tape sur les fesses.

Il n'y a plus trace d'agacement dans son ton... Il a déjà retrouvé sa sophistication.

Impoli ?

Je contiens un éclat de rire. Je m'attendais à ce qu'il me vide de son sang, mais au lieu de cela, j'ai droit à une fessée.

Un peu cochon, ce vampire.

— Tu avais accepté de bien te tenir, et c'est ce que tu feras... ou tu en paieras les conséquences.

Il me donne une nouvelle tape. Pendant un instant, j'ai une impression de déjà-vu, comme si j'avais déjà vécu tout ça. Cette scène – le vampire, ma position sur ses genoux – me semble très familière.

Et je perds la boule. J'agite les fesses pour qu'il continue, soudain excitée de recevoir une fessée.

De la main d'un vampire, rien que ça.

Il s'exécute, et mon impression de déjà-vu s'efface sous la brûlure de sa paume. Un bruit à mi-chemin entre le rire et le sanglot m'échappe. Je suis surtout soulagée de ne pas finir en nourriture pour vampire, du moins pour l'instant. Mais bon, il est peut-être simplement en train de s'exciter un peu avant d'enfoncer ses crocs dans ma jugulaire. Refusant d'abandonner sans me battre, je me débats, mais ma taille est prise en étau par son bras. Bon, OK, les vampires ont une force hors du commun... pas très surprenant. *Mais étincellent-ils au soleil ?*

Il se met à me fesser avec plus de force, et je me tortille. Heureusement, mon jean m'empêche d'avoir trop mal.

Je n'avais pas imaginé passer une telle soirée. À cette idée, je m'esclaffe. Les vannes sont ouvertes, et mon stress et mon état de choc sortent sous forme d'éclats de rire hystériques.

Il s'arrête, et je tente de me relever, toujours hilare. Un peu humiliée, mais excitée. Il me remet debout et me tient par les hanches, ses yeux plongés dans les miens. Il semble impassible, mais je crois déceler une lueur de curiosité identique à la mienne dans son regard. Une vague ardente me parcourt, de l'intérieur de mes cuisses au bout de mes pieds.

Les vampires et le sexe, ça va ensemble. Et ce mec à longues dents est le truc le plus sexy que j'aie jamais vu.

Toute trace d'agacement a disparu du visage de l'immortel. Ses crocs se sont rétractés. Il ressemble à un homme normal. Enfin, à un homme extraordinairement beau. Il a un sourire en coin, une expression d'arrogance amusée.

— Baisse ton pantalon, Fée Clochette, m'ordonne-t-il d'une voix ronronnante.

Il ne doit pas essayer de m'ensorceler, si l'on peut appeler son hypnose vampirique ainsi, car je ne sens pas le drôle de tiraillement.

Mon sexe se contracte, mais je n'ai pas l'intention de me plier à sa volonté. Je m'agrippe à la ceinture de mon jean.

— Certainement pas !

J'aurais été plus convaincante si je n'étais pas aussi essoufflée.

La commissure de ses lèvres se soulève. Lentement, assez pour que je puisse l'en empêcher, il m'écarte les mains. J'ai de nouveau cette impression de déjà-vu. Elle est extrêmement forte : le visage du vampire, ses pommettes hautes, la courbe de ses crocs et sa fossette au menton. Je suis tellement troublée par mon impression de le connaître que j'en oublie de résister.

Le vampire déboutonne mon jean et descend ma braguette. Je cède en même temps que la fermeture éclair. Il est tellement sexy que j'ai du mal à respirer.

Il glisse les pouces sous la ceinture de mon pantalon et le fait glisser, entraînant ma culotte sur son passage. Mon cerveau se remet en route, et j'essaye vaguement de rattraper mon jean. Mon sexe est à nu, exposé à son regard satisfait.

Les muscles de mon vagin frémissent. J'envisage de tirer sur mon tee-shirt pour essayer de couvrir mon intimité, les jambes tremblantes. Est-ce ce dont j'ai envie ? Ai-je même vraiment le choix ? Je ferais mieux de trouver le moyen de le fuir... ou de me protéger de lui, plutôt que de rester plantée là comme une offrande virginale. Mais je suis trop envoûtée par la sensualité de sa fessée et de la façon dont il me déshabille. Sans parler de mon impression d'avoir déjà fait tout ça.

Que me fera ce vampire sexy et sadique ensuite ?

— Ta désobéissance te vaudra une punition supplémentaire, ma chère, dit-il avec un sourire de prédateur.

L'excitation me prend aux tripes.

C'est le chat, et je suis sa souris. *C'est ça, enfuis-toi, ma petite Fée Clochette. J'adore courir après ma proie.*

Il joue avec sa nourriture avant de me manger. Ou de me boire, en l'occurrence. Suis-je folle d'espérer qu'il me mange d'abord ? Ce ne serait pas trop mal, comme mort : dévorée par un vampire.

Mais il ramasse le goujon de bois et me rallonge sur ses genoux.

Oh oh.

Un coup de ce bout de bois, et je pousse un cri. Le pieu improvisé laisse une traînée ardente sur son passage. La prochaine fois que Karen m'offre un cadre, je le lui jette à la figure.

Je me tortille et essaye de couvrir mes fesses nues de ma main, mais le vampire me prend par le poignet et me tord le bras derrière le dos. Il abat de nouveau le goujon.

— Oh, mercredi ! glapis-je en fermant les yeux.

Le vampire s'interrompt.

— Mercredi ?

— Euh, oui, réponds-je d'une voix essoufflée, contente de ce répit. J'essaye de ne pas dire de gros mots. Je travaille avec des enfants.

— Ah.

Il me donne un nouveau coup avec le pieu en bois. Ma chair nue me brûle. Je me débats comme un diable, et il rit.

— Mercredi ! Arrête !

— Accepte ta punition, petite mortelle. Tu l'as méritée. Tu ne peux plus rien faire pour l'empêcher, maintenant. Mais si tu coopères, j'envisagerai peut-être de te laisser jouir quand tout sera fini.

— Me *laisser* jouir ?

Pourquoi son côté dominateur m'excite-t-il à ce point ?

— C'est toi qui vois, dit-il d'un ton aimable en me donnant plusieurs autres tapes.

Il me frappe ensuite à la cuisse, et, incapable de tenir plus longtemps, je cède :

— Bon, d'accord ! D'accord, le vampire... je suis désolée.

— Ah.

Il laisse tomber le goujon et me caresse les fesses pendant un délicieux instant avant de me donner trois rapides tapes de la main.

— Les mots magiques. Répète-les avec conviction, ronronne-t-il.

— Je... je suis désolée, vampire, dis-je à toute vitesse. Je suis désolée d'avoir essayé de te tuer avec un pieu. Je ne recommencerai pas, c'est promis.

Il éclate de rire et me donne une autre tape.

— Je ne suis pas sûr de te croire. J'étais simplement venu discuter avec toi, et tu te jettes sur moi dans une mauvaise imitation de Buffy, la chasseuse de vampires.

— Je ne voulais pas...

Il me donne une nouvelle claque sur les fesses.

— S'il te plaît, vampire. Je suis désolée.

Je retiens mon souffle et croise les doigts pour qu'il accepte mes excuses.

— Tu n'es pas assez contrite à mon goût, mais je te pardonne.

Il se penche et ramasse mon pieu improvisé, puis en casse le bout pointu. Il brise ensuite le goujon en deux et laisse tomber les morceaux par terre.

— Tu ne peux sans doute pas faire mieux pour l'instant, ajoute-t-il.

Il passe une main fraîche sur mes fesses nues, éveillant d'autres parties de mon corps. Je commence à mouiller, et si je suis essoufflée, c'est pour une toute nouvelle raison.

Le vampire sent le parfum de luxe et autre chose... une odeur prononcée qui m'évoque l'air frais et la pierre froide.

Ses doigts s'approchent de mon entrejambe, et j'écarte les cuisses.

— Non, non, Fée Clochette.

À ma grande déception, il me remet debout et relève ma culotte et mon jean.

— Tu n'as pas mérité ta récompense ce soir.

Il m'assoit sur ses genoux.

Je me tortille, les fesses douloureuses, le sexe contracté. Mes tétons durcis frottent contre l'intérieur de mon soutien-gorge.

Si ce n'est pas du sexe qu'il veut, alors... Je me couvre la gorge.

— Je ne suis pas non plus là pour ça, dit-il.

— Pour quoi, alors ?

— Pour ta magie, ma chère.

Je suis assise sur les genoux d'un vampire après avoir reçu une correction comme une fillette pas sage, et voilà qu'il me parle de magie. Je suis en train de rêver, c'est sûr. Ou alors, Karen a mis de l'herbe dans les brownies qu'elle m'a donnés, et je suis en plein bad trip.

— Je n'ai pas de magie.

— Oh, mais si, et elle est puissante, en plus. Ton sort de protection m'a impressionné, ma belle. Il va falloir que tu apprennes à te servir de ton pouvoir, parce que tu as un sort à conjurer.

Un sort ?

— Je ne peux pas t'aider. Je ne sais même pas de quoi tu parles.

Bon sang. Et s'il ne me croit pas ? Comment vais-je me sortir de ce pétrin ?

Il balaye une mèche de cheveux qui me tombe sur le visage et la coince derrière mon oreille.

— J'ai besoin de ton pouvoir, ma petite Fée Clochette. Tu ne réalises peut-être pas encore que tu en as un, mais c'est la vérité, et je ne te laisserai pas tranquille tant que tu n'auras pas résolu mon dilemme.

Il va me tuer. Je me mets à battre des paupières, et ma poitrine se soulève dans un rythme saccadé.

— Ah, dit-il avec une expression plus douce. Voilà les larmes.

— Je ne suis pas en train de pleurer ! réponds-je d'une voix éraillée.

Mais ma gorge se serre, et je laisse échapper un sanglot étouffé.

— Chut, du calme. Je ne veux pas que tu craques.

Je grimace, mais il me serre contre son torse. Son odeur délicieuse m'enveloppe alors qu'il pose ma tête dans le creux de son cou et me caresse le dos comme si j'étais un chaton. Pendant un instant, je me sens presque réconfortée. La situation n'est peut-être pas si terrible, finalement.

— Sucrée, murmure-t-il. Ton odeur est si sucrée, ma petite mortelle. Comme les fraises.

Bon, je n'ai rien dit. C'est clairement un psychopathe prêt à me manger. Je me remets à me débattre dans son étreinte, mais il tient bon et ne me laisse pas m'enfuir. J'ai le sentiment qu'il ne se sert même pas du dixième de sa force.

Alors j'abandonne.

— Prête à te soumettre, Fée Clochette ?

Son beau visage ne se trouve qu'à quelques centimètres du mien. Mon esprit s'embrume.

— Tu es un peu vieux pour les dessins animés, fais-je remarquer.

— Pardon ?

Il hausse un sourcil, mais semble amusé. Comme si le chaton que j'étais essayait de l'attaquer avec des griffes minuscules.

Je me lèche les lèvres.

— Tu m'appelles Fée Clochette.

— Ah.

Il ne me donne pas d'explication.

Et soudain, je me mets à rire comme une folle.

— Je n'arrive pas à croire que tu m'aies mis une fessée.

J'ai envie de glisser la main entre mes jambes pour soulager ce goût de trop peu. Je suis clairement frustrée. Si ça fait partie de son petit numéro de dominateur, ça fonctionne.

Il trace les contours de ma lèvre inférieure.

— Oui, je suis un peu vieux jeu, avec les femmes. Je viens d'une autre époque.

Je m'esclaffe à nouveau.

— Non, ce que je veux dire, c'est que j'ai essayé de te *tuer* avec un pieu, et toi, tout ce que tu as fait, c'est de me donner une fessée.

— Tu avais peur quand tu as joué les Buffy, réplique-t-il en essuyant mes larmes avec son pouce. Je ne peux pas vraiment t'en vouloir pour ça, si ?

— Comment tu sais que j'avais peur ?

— Je sentais l'odeur de ta terreur, répond-il en se penchant vers moi. Tout comme je sens le sel de tes larmes, et ton désir.

Mon désir ? En un instant, mon clitoris se met à pulser avec insistance entre mes cuisses, comme un deuxième cœur. Je serre les jambes.

— Tu avais dit que tu ne me ferais pas de mal.

J'essaye d'être courageuse, mais ma voix chevrote.

— En effet. Mais si tu me trahis, je te punis.

Il me caresse la joue. Il me touche comme si c'était son

droit. Personne ne m'a jamais maîtrisée ainsi, mais quelque chose dans son odeur, dans sa présence, dans son aura, me pousse à rester docile. Je ne me contente pas de le laisser me toucher, j'ai envie qu'il le fasse.

— J'espère que tu te montreras coopérative, ma jolie mortelle. Je ne voudrais pas être obligé de te faire vraiment peur.

 *harles*

Ma charmante proie tremble dans mes bras. Je sens les battements de son cœur s'emballer dans son cou. Mes crocs me lancent, assez tranchants pour me couper l'intérieur des joues. Je me mords et laisse le goût de mon propre sang calmer mes instincts de prédateur. Mon membre aussi me lance, sous ses fesses magnifiques.

Elle est superbe, ma mortelle captive. Elle a de longs cheveux noirs soyeux et une peau dorée. Des yeux bruns illuminés par de petits éclats d'amande. Elle est terriblement jeune et terriblement belle. Je l'avais remarquée avant même qu'elle émette l'aura brillante d'un sort de protection. Mes recherches m'avaient indiqué que la mortelle que je cherchais se trouvait là, à Tucson, mais elle m'avait attiré avant même que je sache que c'était la bonne.

Moi aussi, je l'attire. Elle a beau avoir peur, l'odeur de son excitation flotte comme un musc autour de nous. Elle aime que je la domine.

Je la saisis par le menton et approche son visage du mien.

— Je veux juste te goûter, susurré-je.

Elle se raidit, persuadée que je vais la mordre. Je passe les lèvres sur sa moue pulpeuse, et elle se détend.

— Tes lèvres... pas ton sang, précisé-je.

Mais elle a déjà compris. Elle est aussi savoureuse que je l'avais imaginé. Je glisse de nouveau mes lèvres sur les siennes, qui s'entrouvrent pour me donner un bout de langue.

Sa saveur pétille avec légèreté sur ma langue, aussi enivrante que du champagne. Et je n'ai même pas encore siroté son sang. Son odeur me rend fou.

Je dois prendre sur moi pour interrompre notre baiser ; mon membre est trop douloureux.

Elle a beau savoir que c'est une mauvaise idée, elle croise courageusement mon regard.

— De quelle époque tu viens ? me demande-t-elle avec une adorable curiosité malgré son appréhension.

— J'ai été transformé en 1825.

— Transformé en vampire ?

Je hoche la tête. Je ne révèle pas ce genre de détails, d'habitude, mais je n'arrive pas à m'en empêcher.

Un petit frisson la parcourt, mais elle continue de me dévisager. Elle me touche la joue, et un courant électrique me traverse.

J'attrape sa petite main et la retourne, mon regard aimanté par la veine bleue de son poignet. Elle s'en rend compte et reprend sa main, qu'elle presse contre sa poitrine en me regardant avec méfiance.

— Je ne te viderai pas de ton sang, et je ne te transformerai pas, mais j'ai besoin que tu coopères pleinement avec moi. Tu peux m'accorder ça, Aurélia ?

Elle lève le menton.

— Que se passera-t-il si je dis non ?

Je lui souris pour dévoiler mes crocs.

— On ne dit jamais *non* à un vampire. Tu es ma captive, désormais. Tu gagneras ta liberté quand tu auras découvert comment me libérer de mon sort.

∿

Aurélia

— Je t'ai dit que je n'avais pas de pouvoirs.

Ma voix tremblote. Ma grand-mère me disait toujours de suivre mon instinct, que j'étais capable de choses étonnantes. Mais... de la magie ? Avoir des pouvoirs ? Était-ce ce qu'elle avait voulu dire ?

Le vampire me lance un drôle de regard. Nous savons tous les deux qu'il a vu mon espèce de bulle magique, mon aura, ou Dieu sait quoi.

Je déglutis.

— Si j'en ai, je ne sais pas m'en servir. Je ne suis pas une sorcière.

— Non, en effet, confirme-t-il en me tournant le visage dans tous les sens. Mais tu n'es pas tout à fait humaine, petite mortelle. Tu sors de l'ordinaire. Tu es autre chose.

— Comme quoi ?

— Devine, *Fée Clochette*.

Il insiste bien sur le nom du personnage de *Peter Pan*.

Une Fée. Hébétée, je demande :

— Tu crois que je suis une fée ?

— Je crois que le terme officiel, c'est *fae.*

Il me fait changer de position sur ses genoux, juste assez pour me rappeler que j'ai toujours mal aux fesses. Recevoir

RENEE ROSE & LEE SAVINO

une fessée de la part d'un vampire, c'est déjà surréaliste. Et maintenant, je suis censée faire des tours de magie pour lui ? Rompre un sort ? Et si je ne fais pas ce qu'il me demande, un truc qui me dépasse complètement, il ne me libérera jamais. *Je n'ai pas la pression du tout.* Je prends une profonde inspiration pour éviter de m'évanouir.

— Qu'est-ce qui te fait croire que je suis une fée ? Si c'était le cas, je n'aurais pas, je ne sais pas, moi, des parents fées, ou un truc comme ça ?

Ses lèvres forment un sourire sexy.

— Si. Mais je n'ai encore jamais rencontré ce type de fée. Mes recherches m'ont appris que certains mortels ont un peu de sang de fée.

— Tes recherches ? Quelles sortes de recherches ? Il y a des tests ADN spécial créatures surnaturelles ?

Son rire est si torride que mon jean s'ouvrirait presque tout seul.

— Si on veut, oui. Ça fait longtemps que je cherche. J'ai découvert que chez certains de ces individus, le sang de fée est plus puissant que chez les autres.

— Et tu crois que c'est ce que j'ai ? Du sang de fée ?

Il me remet debout.

— Oui. Et ça fait de toi la personne idéale pour mes projets.

— Admettons que j'en sois capable. Qu'est-ce qui te fait croire que j'ai envie de t'aider ?

Il penche la tête sur le côté.

— Ma chère, qu'est-ce qui te fait croire que tu as le choix ? réplique-t-il avec un sourire qui dévoile ses crocs. Désormais, je suis ton maître, petite mortelle. Satisfais-moi, et je te récompenserai. Déçois-moi, et tu en paieras les conséquences.

Son regard est brûlant, comme si l'idée de me faire subir les conséquences en question l'excite.

Mes tétons deviennent aussi durs que du diamant.

— Est-ce qu'il faut que je te punisse encore, pour te rappeler que je suis ton maître ?

Oui. Mon sexe se contracte.

— Non.

— Alors je te propose de nous associer. Mais d'abord, prouve-moi ton obéissance.

Il me dévisage pendant si longtemps que je me mets à me balancer d'un pied sur l'autre.

— Quelque chose de tout simple... Je sais.

Il claque des doigts, puis me montre la cuisine.

— Fais-moi à manger.

Sérieusement ? Il se croit où, dans les années cinquante ? Et pourquoi suis-je aussi excitée ?

Déroutée, je rétorque :

— Si tu as faim, débrouille-toi tout seul.

Il me rassoit sur ses genoux et me tire la tête en arrière par les cheveux. Ses crocs s'allongent, et ses traits sont dénués d'humanité alors qu'il admire mon cou exposé.

— Tu es sûre ? demande-t-il d'une voix rauque.

J'émets un son incohérent, à mi-chemin entre le grognement et le gémissement. Il penche la tête jusqu'à ce que ses cheveux m'effleurent le visage, et il pose ses longs crocs contre ma carotide.

— Tu veux vraiment que je me débrouille pour trouver à manger, petite fée ? Ou tu comptes me préparer quelque chose ?

Sous mes fesses, son membre est long et dur. J'ignore pourquoi cela m'obsède à ce point, mais c'est le cas.

— Je m'en occupe, réponds-je d'une voix étranglée.

Il me lâche les cheveux et m'aide à me lever.

— Quelle hospitalité ! Merci.

Son accent anglais est condescendant au possible.

Je titube jusqu'à la cuisine.

— Je ne savais pas que les vampires mangeaient de la nourriture, dis-je d'une voix tremblotante, que j'avais pourtant voulue nonchalante.

— On n'en a pas besoin, m'explique-t-il en me suivant, les mains dans les poches, avant de s'adosser au cadre de la porte avec sensualité. Mais on peut manger. Je préfère largement le sang, cependant.

Je frémis.

— Aurélia... dit-il d'une voix mélodieuse, presque chantante. Si tu sais te tenir et que tu fais ce que je te dis, je ne te ferai jamais de mal.

Pas très rassurant. Il dit ça comme si me faire du mal serait la norme, chez les vampires.

— Tu m'as donné une fessée, grommelé-je.

— Et ça t'a fait rire. Ça t'a plu, alors que je ne t'ai même pas permis de jouir à la fin.

Je garde le silence. Je refuse de lui donner le plaisir d'une réponse.

J'ouvre le frigo et jette un regard à l'intérieur. Que donnet-on à manger à un vampire inopportun ? Si je mets de l'ail dans son plat, le remarquera-t-il ?

Mes placards sont presque vides. Je suis trop occupée à l'école et au travail pour cuisiner, même si c'est une activité que j'apprécie, quand j'ai le temps.

Un coup d'œil par-dessus mon épaule m'apprend que mon harceleur vampirique a regagné le salon.

— Ô, Maître, que dois-je vous cuisiner ? murmuré-je d'un ton railleur.

— Fais attention, chérie, me lance-t-il depuis l'autre pièce, me faisant sursauter. Si je te punis pour de vrai, je te promets que ça ne te fera pas rire.

Je remets la tête dans le frigo. Mes fesses me brûlent en réponse à ses paroles, et cette chaleur voyage encore plus bas, jusqu'à mon sexe. Qu'est-ce qui cloche chez moi ? Je sais qu'il est super sexy, même pour un vampire maléfique, mais l'idée d'être punie m'excite-t-elle vraiment ?

Je referme la porte du réfrigérateur et sors un paquet de crackers du placard, ainsi qu'un pot de beurre de cacahuètes et une bouteille de sirop de chocolat. Je sors une assiette et pose huit crackers dessus, avant de les tartiner de beurre de cacahuètes et de les arroser de chocolat.

J'apporte l'assiette au vampire, désormais assis comme un roi sur mon canapé.

Pour la première fois, il perd de son assurance.

— Qu'est-ce que c'est ?

— Ma recette secrète.

Il retrousse la lèvre.

— Goûtes-en un. C'est très bon.

Je prends un cracker et le porte à sa bouche parfaite. Mon cœur rate un battement face à ce geste audacieux.

— Promis, je ne les ai pas empoisonnés avec de l'ail en poudre.

Ses lèvres frémissent d'amusement, et il entrouvre la bouche, pour ne laisser qu'un tout petit morceau de nourriture. Il mordille un coin du cracker et ferme légèrement les paupières alors qu'il savoure ma création.

— Pas mal du tout, déclare-t-il.

Il me prend le cracker des mains et accepte l'assiette.

— Bon, je ne te forcerai pas à te mettre à quatre pattes pour me lécher la main.

Je n'en crois pas mes oreilles. J'hésite entre éclater de rire et lui donner un coup de pied dans le tibia.

— Je te demande pardon ?

— Très chère fée, j'ai de nombreux moyens de te punir, et tous impliquent de te soumettre à moi.

J'étouffe un rire et croise son regard, les yeux plissés.

— De mon temps, les femmes apprenaient à obéir aux hommes.

Je penche la tête sur le côté. Son ton est très sérieux, mais une étincelle pétille dans ses yeux noirs.

— Quelque chose me dit que tu me racontes des cracks.

Encore un petit rire.

— Tu es vraiment drôle. Si tu veux bien t'asseoir à mes pieds, je serai content de ta servilité, mais je t'autorise à t'asseoir à mes côtés.

Je suis vraiment en pleine joute verbale avec un vampire ?

— Je n'arrive pas à savoir si tu plaisantes ou non.

— Viens donc le découvrir, me défie-t-il avec son petit sourire sexy.

Cette fois, je n'ai pas peur. Je dois commencer à l'apprécier, car je lâche un éclat de rire nerveux. Je me laisse tomber à côté de lui et pique théâtralement un cracker dans l'assiette posée sur ses genoux.

Je mords dedans, et il me regarde mâcher alors que j'admire son beau visage.

Il a légèrement dénoué sa cravate noire et est enfoncé dans les coussins, mais son attitude décontractée et sa tenue d'homme d'affaires ne suffisent pas à le faire paraître normal. En fait, tout cela ressemble à un déguisement, une mise en scène. Sa beauté le rend lointain, irréel. *Pas humain !* me hurlent mes sens. *Vampire ! Fuis !*

Mais une autre part de moi est fascinée. Mon corps est chauffé à blanc par sa présence, et je suis pleinement consciente du fait que son épaule touche la mienne.

Je termine mon cracker et en prends un autre, mais il me

donne une tape sur la main et éloigne l'assiette. Je pousse une exclamation outrée.

— Dis s'il te plaît, m'ordonne-t-il.

— C'est *mes* crackers.

— Tu es sûre ? me provoque-t-il en plongeant ses yeux noirs dans les miens pour une lutte que je suis incapable de gagner.

Je serre les dents et détourne le regard.

— Non, laisse tomber.

Il croise ses longues jambes.

— Tu vois, ma belle, il y a un ordre hiérarchique à respecter, ici. Plus tôt tu l'accepteras, plus les choses seront faciles entre nous.

— Va au diable, marmonné-je en me mettant debout.

Il me soulève comme si j'étais légère comme une plume et m'assoit sur ses genoux.

— Le diable, c'est moi, chérie. Tu peux me croire.

Je me serais bien énervée, mais je sens qu'il cherche à me provoquer. Je me contente de lever les yeux au ciel.

Je ne prends peut-être pas assez les choses au sérieux, mais bon, franchement. De la magie ?

— Écoute, je ne suis pas une fée. Je n'y connais rien, en sorts et en magie. Même si je voulais t'aider, je n'en serais pas capable.

Il m'essuie les coins de la bouche avec son pouce et me montre le chocolat qu'il y a trouvé avant de le lécher. Ses lèvres sont douces et pleines, et l'espace d'un instant, je l'imagine en train de verser du sirop de chocolat sur d'autres parties de mon corps pour les lécher...

Nom d'un petit bonhomme, je fantasme sur un vampire ! Mes tétons durcissent. Comme s'il pouvait voir à travers mes vêtements, son regard se pose sur mes seins avant de remonter lentement vers mon visage.

— Je crois que tu ne connais pas ou ne comprends pas tes pouvoirs, m'explique-t-il. Mais je vais t'aider à rattraper ton retard.

— Comment ?

Il hausse les épaules et me présente l'assiette. Je tends la main vers un cracker, et il l'éloigne.

— Dis s'il te plaît.

Je soupire.

— S'il te plaît.

Il sourit.

— Tu vois ? Ce n'était pas si compliqué.

Il me laisse prendre un cracker, puis il poursuit :

— Pour l'instant, je ne sais pas encore très bien comment procéder. Ça fait longtemps que je n'ai pas fréquenté une personne avec du sang fae. Nous pensions que leur espèce était presque éteinte, depuis le temps, et que la plupart étaient allées vivre dans une dimension parallèle où *la nature est reine.*

Il prononce ces derniers mots d'une voix de fausset, comme s'il citait quelqu'un.

— Mais ton pouvoir naturel est tellement puissant que ça ne devrait pas être trop difficile, ajoute-t-il.

— C'est quoi, ce fameux sort ?

Il plisse les yeux, et les muscles de sa mâchoire se crispent.

— Tu le découvriras le moment venu, répond-il d'un ton sec.

— D'accord.

Je m'essuie le visage. J'en ai assez. Les vampires, les sorts, les fées... À une heure du matin un soir de semaine, c'est trop pour moi.

— Écoute, l'heure du coucher est largement passée. Je sais que tu vis la nuit, mais j'ai besoin de sommeil, sinon je vais devenir très désagréable. Alors, euh... tu comptes me laisser aller au lit ?

Il a un petit sourire.

— Je suis contente que tu réalises qui est le maître, ici.

Mon cœur fait un bond dans ma poitrine quand je vois la lueur dans ses yeux. La vache, son côté dominateur me met dans tous mes états.

— Seule ? précisé-je.

Il me met debout et se lève devant moi. Il me dépasse largement, et il a beau être mince, il est beaucoup plus costaud que moi. Il me prend par le menton et lève mon visage vers le sien.

Je me raidis face à ses crocs étincelants. Il se penche sur moi et me jette un regard envoûtant. Je ne sens pas ses crocs quand il effleure mes lèvres avec les siennes. Il m'embrasse comme si nous nous quittions après un premier rencard, comme si nous ne venions pas de vivre une tentative de meurtre, une fessée et... quoi ? Un kidnapping ? Une prise d'otage ? Mon cerveau est en court-circuit et lance des étincelles alors que notre baiser se poursuit. Je suis paralysé par sa douce caresse, son souffle qui a un goût de chocolat.

— Aurélia, répète-t-il comme pour graver mon prénom dans sa mémoire. Jolie petite fée. Sois bien sage et va directement au lit. Si tu fuis, les conséquences ne te plairont pas. Compris ?

— Oui, Monsieur.

Que pouvais-je dire d'autre ?

Durant un instant, ses yeux noirs sondent les miens. Ce qu'il y voit doit lui plaire, car il hoche la tête.

Puis il disparaît. Pouf ! Comme ça. Mes sens sont en émoi et cherchent le corps ferme qui se trouvait juste devant moi une seconde plus tôt. Mais il s'est envolé, et je suis seule dans mon salon, le cœur battant la chamade.

Je tends la main et la laisse fendre l'air là où le vampire s'était trouvé.

— Attends, dis-je.

Je devrais être soulagée, mais je me sens vide.

— Je ne connais même pas ton nom...

*harlie*

Dès que je me matérialise dans ma chambre, j'ai envie de retourner chez Aurélia. Je pourrais presque croire que la petite fée m'a envoûté.

Mais non, elle ne mentait pas quand elle disait ne pas connaître ses véritables pouvoirs. Elle est vierge dans la pratique de la magie, pure, inexpérimentée, mais pas réfractaire. Pas avec les encouragements nécessaires.

Celle-là, je ne la laisserai pas filer.

Je me dépêche de faire mes bagages. Mes menaces ne retiendront pas ma petite fée bagarreuse très longtemps. Heureusement que j'ai le pouvoir de me dématérialiser et de réapparaître ailleurs. Tous les vampires n'en sont pas capables, mais je fais partie des chanceux. Cela m'aidera à passer inaperçu dans la ville de Lucius. Je devrai me cantonner à l'appartement d'Aurélia, mais ce sera loin d'être une épreuve. La petite Fée Clochette a beau prétendre le contraire, son odeur me prouve qu'elle est aussi subjuguée par moi que je le suis par elle. Cela me facilitera la tâche. Je préfère devenir maître de son corps et gagner sa coopération grâce au jeu de la domination sexuelle plutôt que de devoir la menacer, elle ou ses proches.

Cependant, je suis prêt à tout pour obtenir ce que je souhaite. En tant que vampire solitaire, je n'ai qu'un seul maître : moi-même. La seule fois où je me suis fié à quelqu'un d'autre, on m'a jeté un sort.

Je refuse de baisser ma garde à nouveau. Même avec Aurélia. Elle ne me laisserait pas faire, de toute façon.

Sa tentative de meurtre avec un pieu était charmante. Elle a fait preuve de vivacité d'esprit, car elle n'avait sans doute jamais rencontré de vampire avant moi, et encore moins tenté d'en assassiner un. C'était impressionnant. Et sexy, même. Elle m'attire.

Et pas seulement à cause de son corps agile ou de son beau visage. Ça a peut-être à voir avec son pouvoir inné, ou la façon dont elle m'a tenu tête alors même qu'elle était terrifiée. Cela me donne envie de l'attraper par ses épais cheveux brillants et de la prendre sauvagement par-derrière. De lui montrer qui est le maître.

Mais non. Me satisfaire de son corps est la dernière chose dont j'ai besoin ; cela ne me servirait à rien. Le sort s'en est assuré.

Je remplis une caisse d'affaires et file chez Aurélia. Son salon est vide, mais la porte de sa chambre est entrouverte. Elle est roulée en boule sous la couette, les sourcils froncés qui lui donnent un air concentré. Son visage semble si jeune et innocent quand elle dort. Cela réveillerait presque mon cœur sans vie. En la regardant rêver, je ressens presque... quoi ? De la compassion ? De l'affection ? De la sympathie ?

Non. Impossible.

Je regagne mon appartement et transfère une autre partie de mes affaires, et je répète le processus jusqu'à avoir fini.

À présent, il ne me reste plus qu'à faire de cet appartement le mien. Je prends un rouleau de scotch et couvre toutes les vitres. Ensuite, je clouerai des panneaux de contreplaqué devant chaque fenêtre, sauf celle d'Aurélia. Je garderai sa chambre pour la fin. Je ferme la porte pour ne pas la réveiller. Elle a besoin de repos pour commencer à étudier le lendemain.

Mes préparatifs pour l'aube sont grossiers, mais efficaces. Quand plus un seul rayon de lune ne filtre dans la pièce, je me détends enfin.

L'Opération Rompre Mon Sort peut commencer.

Aurélia

Je cours le long de Congress Street. Un monstre me pour-chasse... une ombre noire gigantesque avec des crocs blancs. Devant moi, en plein milieu de la rue, Gwen danse sur sa voiture jaune sur de la musique K-pop. Plus je cours vite, et moins j'avance, et mes pieds me font mal. Des coups reten-tissent en rythme, comme si quelqu'un clouait quelque chose hors de mon champ de vision. Le monstre me rattrape, et des flyers du Toxic Club pleuvent sur moi...

— Chut, réveille-toi, petite fée. Tu fais un cauchemar.

Je me débats, et quelqu'un m'attrape par les poignets. Je plisse les yeux dans la nuit et vois un visage mince. Dès que je croise son regard, je me détends.

— Le vampire, soufflé-je. Tu es revenu.

— Oui. Je vais m'installer ici pour un moment.

— Ici ? Avec moi ?

— Oui, ma belle.

Il penche la tête et me donne une série d'ordres. Les mots s'infiltrent jusque dans mes os : *ne touche pas aux fenêtres, ne touche pas aux portes, ne sors pas sans ma permission.*

— Quoi ? dis-je alors qu'une petite part de moi parvient à lutter. Qu'est-ce que tu fais ?

— Chut.

Le vampire n'a aucun mal à me pousser et me rallonger. Il me murmure encore quelques ordres que je n'entends pas bien et passe le doigt sur les lèvres quand il a terminé.

— Désolé, chérie. Je déteste te forcer. Je regrette que les choses soient ainsi, mais le temps presse.

— Qu'est-ce que tu racontes ?

Mes pensées sont brumeuses, ma voix endormie. Il est tellement beau ; ce vampire dans mon lit. Je ne comprends plus pourquoi je paniquais.

— Tu n'es pas aussi docile que mes proies habituelles, susurre-t-il en me caressant les cheveux. Un mécanisme de défense naturel causé par ton sang fae ? Qu'importe. J'aime les défis.

D'un ton plus nostalgique, il ajoute :

— Ça fait longtemps que ça ne m'est pas arrivé.

— Tant mieux, alors, dis-je dans un soupir.

Je me pelotonne sous la couette et me presse contre le corps ferme à mes côtés.

Le vampire se raidit.

— Qu'est-ce que tu fais ?

— Un câlin.

C'est étrange, d'être blottie contre un mort. Je cherche le son de son cœur ou de sa respiration, mais il n'y a rien. Je suis trop fatiguée pour m'en préoccuper.

— C'est agréable, ajouté-je.

— Je ne suis pas quelqu'un d'agréable, ma belle.

Mais ses doigts dans mes cheveux me font tellement de bien, que je murmure de plaisir alors qu'il me caresse comme un chaton. J'ai la sensation d'avoir déjà vécu cette scène, d'avoir déjà fait ça, mais ce n'est pas le moment de cogiter. Je préfère profiter de ce câlin.

Quelques instants s'écoulent avant que le vampire chuchote :

— Je n'avais pas fait ça depuis très longtemps.

— Tu es doué. C'est comme le vélo, ça ne s'oublie pas.

— Sans doute.

Il marque une longue pause, puis ajoute :

— Je n'étais pas comme ça, avant. Crois-le ou non, j'étais amoureux d'une dame.

— Ah bon ?

— Je ne sais pas pourquoi je te raconte ça, dit-il en me posant une main sur la nuque. Je n'avais encore jamais ressenti ça. Un besoin irrépressible de me confier.

— Quoi ?

Mes paupières papillonnent, mais je n'arrive plus à les ouvrir. Elles sont lourdes, comme coulées dans du ciment.

Des lèvres fraîches m'effleurent le front.

— Dors. Demain, tu ne te souviendras plus de ça.

Mais son dernier commentaire me suit dans mes rêves :

— Je vais devoir être prudent, avec toi. On dirait bien que les petites fées, c'est mon point faible.

CHAPITRE 5

*A*urélia

Je me réveille, toujours enveloppée dans les murmures d'un rêve. Je ne me souviens pas des détails, seulement d'une impression magique : celle d'être en sécurité et aimée. Pas vraiment un sentiment dont j'ai l'habitude.

Je n'ai pas eu une enfance désastreuse, mais j'ai passé la majeure partie de ma vie seule, du moins émotionnellement. Ma mère m'élevait seule. Elle avait du mal à joindre les deux bouts et à évoluer dans une carrière peu satisfaisante, et sa vie sentimentale était loin d'être réjouissante. Mon frère et moi étions livrés à nous-mêmes, et je suis financièrement indépendante depuis la fin du lycée.

Je garde les yeux fermés, désireuse de faire durer cette fantastique sensation. Les souvenirs de la nuit me reviennent brusquement en tête : le vampire et la fessée. Et le baiser. Au lieu de m'arracher à mes émotions positives, ils m'emplissent d'un délicieux éveil sexuel, et tout mon corps brûle de désir alors que je me remémore la domination du vampire. Ma raison crie au danger, mais quand il est question de cet homme sexy, mon corps se fiche de la sécurité.

Il est même plutôt prêt à endurer toutes les punitions qu'il voudra me donner, et plus encore.

Je passe une jambe par-dessus mon oreiller et ondule pour créer une friction contre mon entrejambe. Cet oreiller est idéal pour ce que je recherche, bien dur entre mes jambes. Je me frotte dessus, dans un délicieux demi-sommeil, et une chaleur monte en moi alors que le frottement stimule mon clitoris...

Un oreiller dur ? J'ouvre brusquement les yeux et j'étouffe une exclamation.

Le vampire est allongé à côté de moi avec un sourire ensommeillé et pose la main sur mes fesses. J'étais en train de me frotter à sa cuisse, mes replis mouillés et gonflés.

Je retire ma jambe et roule sur le côté pour bondir hors du lit.

— Qu'est-ce que...

— Je vais me rendormir un peu, mais ne te gêne pas pour te frotter à moi autant que tu veux, dit-il d'une voix rêveuse.

— Qu'est-ce que tu fabriques dans mon lit ?

Mais il a déjà refermé les yeux. Il est étalé torse nu sur mon matelas, et son buste et ses bras virils sont aussi sculptés que ceux d'une statue grecque. Il est couché au-dessus des draps, et je porte toujours mon pyjama... heureusement. Il n'a pas abusé de moi pendant mon sommeil. Même si... cette idée amplifie encore mon désir.

Quelle heure est-il ? Je jette un regard à mon réveil et pousse un cri. Seize heures ?

— Purée, je n'ai pas entendu mon réveil !

Et ce n'est pas tout. S'il fait nuit, c'est parce que mes fenêtres sont couvertes de contreplaqué.

— Qu'est-ce que...

Bien entendu, le vampire ne peut pas être exposé à la lumière, et il a annoncé qu'il me collerait aux basques jusqu'à ce que je brise son sort. Je me passe une main sur le visage. Tout ça, c'est trop bizarre.

Le vampire est allongé sur mon lit, comme mort. Enfin, il est mort, techniquement. Non pas que ça m'empêche de fantasmer sur lui.

À pas feutrés, je me rends au salon, où sans surprise, toutes les fenêtres sont couvertes.

Maudit vampire. Ses travaux n'ont pas intérêt à gâcher mes chances de récupérer ma caution.

L'espace d'un instant, j'envisage d'arracher le contreplaqué, mais j'en ai la chair de poule. L'idée même me révulse. Je ne peux pas laisser entrer la lumière, voyons, ça le tuerait. Et j'ai beau avoir tenté de le tuer la veille, je n'ai plus très envie de mettre fin à ses jours.

Il ne m'a pas mordue. Il n'a pas essayé de boire mon sang. Il ne m'a pas fait de mal, si on oublie la fessée.

Je le regarde dormir alors que je me rends dans la salle de bains. Comment ai-je fait pour ne pas remarquer qu'il s'était glissé dans mon lit ? Ou qu'il avait cloué des panneaux à mes fenêtres ? Et qu'est-ce que c'était, ces rêves étranges ? Je n'en ai jamais connu de pareils. Ont-ils un rapport avec la proximité du vampire ?

Mon estomac fait des bonds comme si j'étais sur des montagnes russes. Oui, c'est peut-être à cause du vampire. Je crois que je n'ai jamais été aussi excitée.

Je me faufile dans la salle de bains et ferme la porte à clé avant d'ôter mon pyjama pour me caresser. Je serre les dents pour ne pas gémir. Ma chair sensible est gonflée depuis que je me suis honteusement frottée contre sa jambe. Oh là là. Je me suis masturbée contre un vampire. Comment le regarder en face, après m'être donnée en spectacle comme ça ?

Je me fais violence et j'arrête de me caresser. Je vais sous la douche et tente de m'éclaircir les idées sous un jet d'eau fraîche. Il faut que je réfléchisse à ma situation. J'ai un nouveau colocataire vampire qui veut que j'accomplisse pour lui quelque chose que je ne sais pas faire. Merveilleux.

Comment vais-je me sortir de ce pétrin ?

Je sors de la douche et me sèche, regrettant de ne pas avoir apporté un change de vêtements dans la salle de bains. Je coince une serviette sous mes aisselles et jette un œil par la porte pour vérifier que le vampire dort toujours. Il a les yeux fermés, ses longs cils en éventail sur ses joues. Il est encore plus beau que dans mes souvenirs. *Arrête de fantasmer sur le vampire !*

Je sors sur la pointe des pieds et choisis un short et un débardeur, que j'enfile à la vitesse de la lumière, comme quand je fais du shopping et que j'ai encore dix articles à essayer.

Je ramasse ma brosse et me rends dans le salon, consternée par la pénombre qui règne dans la pièce. Je vais être obligée d'allumer la lumière en pleine journée. Je suis tout le contraire d'un vampire. J'ai besoin de lumière. Vivre dans l'Arizona m'a aidée à vaincre ma dépression hivernale, et je veux rester en bonne santé. Combien de temps ce vampire compte-t-il me faire subir ça ?

Tu es ma captive, désormais. Tu gagneras ta liberté quand tu auras découvert comment me libérer de mon sort.

Je me prépare un bol de céréales et mange dans une sorte de stupeur, mon cerveau bloqué dès que je pense au vampire. Quel est ce sort ? Ai-je vraiment des pouvoirs magiques ? Je tente de me rappeler où j'ai appris à m'entourer d'une bulle de protection, mais je n'y arrive pas. Je crois que j'ai toujours fait ce genre de choses. J'ai toujours cru que c'était une de mes petites bizarreries, comme m'embrasser la main et taper sur le plafond de la voiture dès que je voyais un feu orange. Chose que je ne fais plus, car je n'ai pas de voiture.

Ma grand-mère savait-elle que j'avais des pouvoirs ? Cela expliquerait pourquoi elle essayait toujours de m'enseigner des choses. J'aurais dû lui poser davantage de questions et être plus attentive. Dans ma famille, c'est moi qui étais la plus proche d'elle, alors quoi qu'elle ait su, ces informations ont disparu avec elle.

À présent, ma meilleure chance de comprendre mes pouvoirs, c'est mon kidnappeur vampire.

Je ferais mieux de préparer mon évasion, mais j'ai très envie de rester. Ma raison m'encourage à courir au poste de police, mais je n'ai pas envie de le quitter. Et pas seulement à cause de ma curiosité. C'est plus fort que ça. Une sorte de compulsion. Et celle-ci ne m'est pas imposée par le vampire. Elle est plus profonde que ça. Elle est authentique. Je n'ai pas envie de m'éloigner de lui. L'idée de ne plus jamais le voir m'est insupportable.

C'est dingue, mais c'est comme ça. Ma grand-mère me disait toujours de me fier à mon instinct. Elle n'avait sans doute pas ce scénario en tête, mais mes tripes me disent de rester. De voir où aboutiront les choses.

En attendant, il faut que je sorte dans mon jardin. Je ne m'enfuis pas, je veux seulement prendre un peu l'air. C'est un compromis. Arroser les plantes, arracher les mauvaises herbes et m'occuper du potager sont des activités qui m'aident toujours à réfléchir.

Je lave mon bol dans l'évier et le pose sur l'égouttoir. Je me dirige vers la porte d'entrée, tends la main vers la poignée puis m'arrête. Je devrais lire mes mails avant de sortir.

Je m'assois devant mon ordinateur, mais soudain, la brume dans mon cerveau se dissipe. Le jardin. Je me rendais dans le jardin. Je n'obéissais pas au vampire, mais je ne lui désobéissais pas non plus.

Mais quand j'arrive à la porte, mes doigts hésitent avant de toucher la poignée. Pourquoi ne pas lire mes mails ? Ou faire un brin de ménage ?

Cette fois, je me reprends avant d'avoir fini de tourner les talons. Quelque chose cloche.

Je me replace devant la porte. Avec lenteur, je tends la main vers la poignée, les doigts tremblants. C'est comme essayer de fendre du plomb.

Tous mes instincts me hurlent de reculer, mais j'insiste, et quand je touche enfin la porte, je m'attends presque à ce qu'elle prenne feu. Ma main est posée sur la poignée, mais je n'arrive pas à me résoudre à la faire tourner.

Je déglutis, les tempes battantes sous l'effort.

Ouvre-la, ordonné-je à ma main. *Ouvre cette putain de porte.*

~

Charlie

— Qu'est-ce que tu m'as fait ?

J'ouvre les yeux, et la stupeur pesante du jour se dissipe alors qu'une charmante jeune femme me grimpe dessus, me chevauche la taille. Aurélia. Les paillettes dorées dans ses yeux scintillent alors qu'elle chasse les cheveux noirs qui tombent sur son beau visage plein de colère.

Mes crocs sortent si vite qu'ils manquent de me couper la lèvre. Je la prends par les hanches et l'écrase sur moi, la collant à mon érection. Sa chaleur m'envoie une vague de plaisir, et je ferme à moitié les yeux.

— Arrête ! proteste-t-elle en se tortillant pour se libérer.

Mauvaise idée, petite mortelle. J'adore quand mes amantes ont du répondant. Je retrousse les lèvres.

Elle écarquille les yeux en apercevant mes canines allongées.

Le fait qu'elle lutte m'amuse, alors que sa chaleur et ses mouvements ne font qu'amplifier mon désir.

— Du calme, ma belle, susurré-je. Quand tu te débats, ça m'excite.

Elle pousse une exclamation indignée, mais elle se met à onduler dans un geste lent. L'odeur de son désir flotte dans l'air, et elle a les pupilles dilatées. Je ne crois pas qu'elle réalise qu'elle est en train de se frotter à moi.

— Lâche-moi, dit-elle, haletante.

À contrecœur, je m'exécute et entrelace mes doigts derrière ma tête.

Elle se relève et se met judicieusement hors de ma portée.

— Qu'est-ce que tu m'as fait ? répète-t-elle sans quitter mes crocs des yeux.

Ils se rétractent sous son regard.

— De quoi tu parles ?

Elle reste immobile, la poitrine toujours soulevée par une respiration saccadée.

— Pourquoi tes crocs se sont allongés ? me demande-t-elle dans un murmure.

Je m'assois et me tourne pour poser les pieds par terre.

— Je n'avais pas l'intention de te sucer le sang, dis-je d'un ton nonchalant.

Je passe devant elle pour me rendre dans la salle de bains, où je m'arrose le visage d'eau.

— Tu as... faim ? s'enquiert-elle en me suivant.

— Non, réponds-je d'une voix cassante. J'étais excité. Boire du sang satisfait un besoin sexuel en plus de me nourrir.

D'ailleurs, j'aurai sans doute bientôt besoin de boire du sang. Ça fait deux semaines que je ne l'ai pas fait, mais je n'ai pas envie de l'effrayer.

— Oh, lâche-t-elle.

Je lui jette un regard et vois que ses tétons pointent à travers son soutien-gorge et son débardeur. J'inhale pour humer son odeur. Je meurs d'envie de saisir ses seins et de les caresser dans un geste possessif, de pincer ses tétons pointus. Je chasse son anatomie parfaite de mon esprit. Vivre chez cette petite fée risque d'être aussi infernal pour moi que pour elle. Je me sèche le visage et les mains avec une serviette et me précipite vers elle, les yeux braqués sur la veine dans son cou.

— Tu me laisses te goûter, Aurélia ?

Elle fait un pas en arrière.

— Non !

Sa voix est plus aiguë que d'habitude. Je souris, dévoilant un croc.

Elle se reprend et serre les poings.

— Je n'arrive pas à ouvrir la porte d'entrée, dit-elle.

— Je sais.

— Qu'est-ce que tu m'as fait ? De l'hypnose vampirique ?

— Oui, admets-je, conscient que cela la mettra sans doute hors d'elle. Je ne pouvais pas prendre le risque que tu ouvres la porte et que tu laisses entrer les rayons du soleil pendant que je dormais.

Elle baisse les épaules et desserre les poings, comme si mon argument lui paraissait satisfaisant.

— Ah.

Je suis un peu surpris qu'elle agisse de façon aussi rationnelle. Elle est peut-être plus facile à vivre que je ne l'aurais cru.

Je passe devant elle pour me rendre dans le salon.

— Tu aurais pu te contenter de m'écrire un mot, ou un truc du genre, ajoute-t-elle en me suivant.

Je pivote et hausse les sourcils.

— Après ce que tu as essayé de me faire hier soir ?

Elle se mord la lèvre.

— Et, euh...

— Et euh quoi ?

Elle baisse les yeux. Sa timidité est adorable.

— C'est toi qui m'as donné ces rêves ?

Je me souviens de la façon dont elle s'est frottée à ma cuisse en se réveillant, et je souris. J'avais senti son désir mouillé à travers son short, et à présent que je suis bien réveillé, je regrette de ne pas l'avoir aidée à jouir. J'ai hâte que cette scène se reproduise.

— De quoi rêvais-tu, à ce propos ?

Elle rougit, et l'odeur de son excitation emplit l'air, me donnant envie d'oublier l'Opération Rompre Mon Sort pour l'emmener au lit et me délecter de son corps jusqu'à ce qu'elle hurle. La nuit dernière, j'ai goûté à ses lèvres. Maintenant, j'ai envie de goûter celle qu'elle a entre les jambes.

— De rien ! Je ne sais pas...

Je la laisse se tortiller encore un moment sous mon regard inquisiteur, puis j'avoue :

— Je ne voulais pas te réveiller avec mes coups de marteau, alors je t'ai suggéré de faire de beaux rêves... littéralement.

Elle se mordille la lèvre alors qu'elle assimile ce que je viens de lui dire.

— Alors, ils l'étaient ?

49

— Quoi ? demande-t-elle.

— Beaux ?

— Ah. Euh... oui.

Je vois bien qu'elle hésite entre me reprocher de l'avoir manipulée et me remercier de cette attention.

— Ne recommence pas, m'ordonne-t-elle, bien qu'elle manque de conviction.

Sans lui prêter attention, je vais m'asseoir sur son canapé comme s'il m'appartenait.

— Tu m'as entendu ? Vampire ?

— Charlie. Charles Edward Holbrook, troisième du nom. Viens là.

Je ne m'attends pas à ce qu'elle m'obéisse. Elle était si insolente, hier soir. Mais après une courte hésitation, elle se dirige vers moi.

Je la prends par la main et l'allonge sur mes genoux. Elle se laisse faire sans broncher. Avec joie, presque.

Intéressant.

— Qui c'est qui donne les ordres, ici ? lui demandé-je à voix basse.

Je l'entends déglutir, et ses délicieux battements de cœur s'emballent.

— Quoi ?

— J'ai dit, qui c'est qui commande, ici ? Toi ou moi ?

Elle lève le menton et rejette ses cheveux en arrière alors qu'elle me regarde par-dessus son épaule. Je suis surpris qu'elle reste assise sur mes genoux. Elle doit aimer ce genre de petits jeux autant que moi. J'en ai la confirmation quand elle ose me répondre :

— Va au diable.

Je ris et lui donne une tape sur les fesses tout en lui maintenant les poignets dans le dos.

— Je croyais que tu évitais les insultes, petite mortelle.

Elle retient son souffle, comme si elle attendait la suite. Je lui donne une claque sur l'autre fesse, puis la pétris avec force. Elle a un cul rebondi. J'ai envie de m'enfoncer entre ses fesses pour lui montrer qui est le maître.

— Qui dit que c'est toi qui donnes les ordres, souffle-t-elle d'un ton qui amplifie mon érection.

Je lui donne une nouvelle tape.

— Ça va de soi. Petite mortelle, tu es située plus bas sur la chaîne alimentaire.

— Va te faire !

J'adore le fait qu'elle refuse de dire des gros mots. C'est mignon.

Je la fais rouler face à moi et lui donne un aperçu de ma force vampirique en la soulevant par la taille pour l'asseoir sur l'accoudoir du canapé. Elle cligne des yeux, hébétée. Je lui enlève son tee-shirt.

— Hé ! Qu'est-ce que tu fais ?

Elle a beau porter un soutien-gorge, elle se couvre la poitrine d'un bras.

— Chaque fois que tu te montreras insolente, tu perdras un vêtement. Tu pourras le regagner en me prouvant ta soumission.

— Non, mais tu plaisantes... Attends ! s'exclame-t-elle quand je tends les mains vers son short. Je m'excuse, d'accord ? Je m'excuse, Majesté.

Je dissimule mon sourire en pinçant les lèvres.

— Je crois avoir entendu de l'insolence dans ta voix, décrété-je.

Je tire sur le milieu de son soutien-gorge et je penche la tête. D'un coup de croc, je tranche le tissu avant de le laisser glisser le long de ses bras et tomber par terre.

Elle pose les mains sur ses seins, rouge de colère. Cette

fois, elle semble tourner sept fois la langue dans sa bouche avant de parler.

— Tu me dois un nouveau soutien-gorge, dit-elle d'un ton grognon.

Oh, j'adore quand elle fait la moue. Je hausse un sourcil.

— Si tu continues comme ça, tu ne porteras plus jamais de soutien-gorge.

Et je serai tellement excité que ça pourrait bien me tuer.

Elle me jette un regard noir.

Avec insistance, je balade les yeux sur les deux seins fermes que j'aperçois derrière ses mains. Je la laisse voir mon avidité.

— Je t'en prie, continue de me défier, petite mortelle, dis-je d'une voix traînante.

Elle pose les yeux sur la bosse dans mon pantalon et rougit de plus belle.

La petite tigresse se lèche les lèvres, ce qui manque de m'achever.

— Qu'est-ce que je dois faire pour le récupérer ?

— Agenouille-toi.

C'est la seule chose qui me vient à l'esprit. Je rêve de la voir à genoux devant ma queue, à me faire plaisir.

— Quoi ? demande-t-elle d'un ton indigné, son regard implorant.

Jamais je ne la forcerais à me sucer, bien entendu. Je ne suis pas un monstre. Pas loin, mais pas tout à fait.

— Tu m'as très bien entendu. Mets-toi à genoux, et à mes pieds.

Je la prends par la taille et la soulève, avant de lui faire une démonstration de force en la maintenant en l'air quelques instants avant de la poser.

— Pour quoi faire ? s'enquit-elle avec méfiance, les yeux posés sur mon entrejambe.

En réponse, mon érection grandit encore.

— Je pourrais me contenter d'aller enfiler un autre soutien-gorge, tente-t-elle.

— Et moi, je pourrais t'hypnotiser pour te forcer à traverser Congress Street torse nu.

— Tu n'oserais pas !

— Tu veux parier, petite fée ? Je peux être salaud, quand je veux.

Elle reste debout là, à serrer et desserrer les mâchoires pendant un long moment. Finalement, elle soupire et se met à genoux.

Un grand sourire me fend le visage. Je passe les doigts à travers son épaisse chevelure soyeuse et lui tire la tête en arrière.

— Merci de ton obéissance, Aurélia. Enlève tes mains de ta poitrine.

Elle lève les yeux vers moi, bouche bée, prête à protester, puis elle lève le menton et bombe le torse comme pour me dire qu'elle n'a rien à cacher.

Et elle a raison. Ses seins sont parfaits, gros comme des pommes, ses tétons roses prêts à être sucés. Je tends la main et passe le pouce sur la pointe dure.

Elle frémit, mais ne bouge pas. Ses joues et sa gorge rougissent, sa respiration se fait haletante.

— Je croyais...

Elle s'interrompt et s'éclaircit la gorge quand sa voix se brise.

— Je croyais que tu n'exigerais pas ce genre de choses de moi, me rappelle-t-elle.

Je laisse retomber ma main et tente de reprendre mes esprits.

— En effet. Mais si je dois te punir, les règles ne sont plus valables.

C'est faux. Jamais je ne la prendrai contre sa volonté. Même si son corps m'appelle. Même si une partie d'elle me désire.

Je sens de nouveau l'odeur de son excitation. Je m'accroupis devant elle et passe une main entre ses cuisses, laissant traîner mon index sur la couture de son short. Elle prend une grande inspiration.

— Tu seras sage, Aurélia ?

— Ou... oui, bredouille-t-elle.

Je lui pince les lèvres, celles que je n'ai pas encore touchées, à travers ses vêtements, et elle gémit.

— C'est bien, murmuré-je. Tu peux te rhabiller.

Je la lâche et lui jette son tee-shirt, avant de m'éloigner comme si je n'étais pas douloureusement en manque.

Oui, la torturer revient à me torturer aussi... mais c'est délicieux.

urélia

— J'ai commandé des livres que je veux que tu étudies, m'informe Charlie depuis ma chambre.

Il en fait le tour, ramasse mes affaires et les examine.

— Mais ils n'arriveront pas avant demain, alors aujourd'-hui, on va s'entraîner avec ta bulle. C'est ton seul tour ?

Je me mordille la lèvre.

— Quand j'étais petite, j'aurais juré être capable de faire souffler le vent.

Je me remémore la nuit passée, quand j'envisageais que Charlie ait raison au sujet de mes pouvoirs.

Il me regarde d'un air songeur.

— Tu arrives à le faire souffler à l'intérieur ?

Je lâche un rire gêné.

— Je ne sais même pas si je suis toujours capable de le faire dehors. J'ignore si c'était réel, ou si je me faisais des idées.

Il s'adosse au mur et me dévisage, les bras croisés sur son torse musclé. Avec sa chemise blanche impeccable et ses manches retroussées, il semble tout droit sorti d'un magazine de mode pour hommes : viril, beau et débonnaire.

— C'était réel, affirme-t-il comme s'il en était certain. Essaye. Ici, maintenant.

Je ferme les yeux et tente de me souvenir de la façon dont je grimpais au sommet d'une colline, dont j'écartais les bras et levais la tête en disant « souffle, le vent, souffle ! ». J'imagine le vent sur mon visage, mes cheveux agités par son souffle.

Un filet d'air, si léger que je doute de son existence, me passe sous le nez.

J'ouvris brusquement les yeux.

— Tu as vu quelque chose ?

Charlie sourit.

— Très bien, petite fée. Maintenant, envoie le courant d'air vers moi.

Il tend les paumes vers moi. Je prends une inspiration et m'imagine que le vent souffle dans mon dos, qu'il pousse mes vêtements vers l'avant. Un filet d'air agite mes manches, puis disparaît.

— Encore, m'ordonne le vampire.

— Tu l'as senti ?

— Oui. Je veux que tu recommences. Plus fort, cette fois.

Ces deux tentatives m'ont déjà épuisée.

— Je ne sais pas comment faire, gémis-je.

Charlie me rejoint à grands pas avec un air autoritaire. Mon estomac se serre de peur et de hâte. Que va-t-il me faire, cette fois ? Me gronder ? Arracher mon soutien-gorge avec ses dents ?

Il me prend le menton et me jette un regard chaleureux.

— Tu t'en sors très bien, petite fée. Plus tu te serviras de ton pouvoir, et plus il grandira. Je veux que tu continues à t'entraîner pour moi.

Son approbation n'aurait pas dû me réchauffer de l'intérieur, me faire fondre ainsi.

— C'est... fatigant, parviens-je à dire, toujours perdue
dans son regard sombre.

— Tu veux quelque chose à grignoter ?

Quand je hoche la tête, il pose la main à la racine de mes
cheveux, me fait tourner et me guide vers la cuisine. Là, il tire
une chaise pour moi.

— Assieds-toi, m'ordonne-t-il. Maintenant, réessaye. Fais
bouger les rideaux.

Autant par curiosité que pour lui obéir, je continue de
m'entraîner. Au bout de plusieurs tentatives, les rideaux se
soulèvent et s'agitent comme si la fenêtre était ouverte.

— Bravo, petite mortelle.

— Avoue que je t'impressionne, avec ma magie !

Avec un sourire, Charlie pose une assiette sur la table. Il a
reproduit la recette de crackers que je lui ai préparée la veille.

— Maintenant, remontre-moi ta bulle protectrice.

Je la pousse hors de mon corps, et il recule pour me
laisser de la place. Comme la première fois, je ne vois pas ma
création tout de suite, mais une fois que Charlie me montre
ses contours avec ses doigts, mes yeux repèrent les bords
invisibles, et le miroitement qu'elle produit.

Le vampire touche à la bulle et y enfonce les doigts,
capable d'en distordre la forme, mais pas de la percer.

— Tu peux l'épaissir ? me demande-t-il.

Quand j'essaye et que j'y parviens, il me demande de la
rendre rigide et de lui faire changer de couleur. Apparemment, les possibilités sont illimitées : il me suffit de me servir
de mon imagination pour projeter son image. L'enthousiasme
monte en moi. Tout cela est-il bien réel ? J'ai des pouvoirs
magiques ? Je comprends ce qu'a dû ressentir Harry Potter en
apprenant qu'il allait à Poudlard.

Malgré mon appréhension et mon agacement face aux exigences de Charlie, je ne peux pas m'empêcher de ressentir de la gratitude pour ce qu'il m'a révélé.

— Viens là et mets-toi face à ce mur blanc, me dit-il.

Chaque fois qu'il me donne un ordre, mon sexe se contracte, comme si sa voix sexy suffisait à me soumettre.

J'obéis, et il vient se placer derrière moi pour me prendre par les épaules.

— Tends la main devant toi, et regarde l'énergie qui l'entoure. Dis-moi si tu vois des couleurs.

— C'est quoi, une aura ?

— Je ne sais pas. Je ne la vois qu'indistinctement, et la plupart des mortels ne voient rien du tout. Mais ça ne signifie pas qu'il n'y a rien à voir.

Ses lèvres touchent presque mon oreille, et j'ai du mal à me concentrer sur autre chose que l'excitation que me causent sa proximité, son odeur virile et le souvenir de ses doigts sur mon sexe.

— Que vois-tu, ma belle ?

Je frémis sous son souffle chaud. Je ne vois rien.

— Tu veux que je te dise ce que moi, je vois ?

— Oui, s'il te plaît.

— Mmm, comme tu es polie. Je vois une couche de jaune, puis de bleu turquoise, puis de vert.

Je regarde ma main et cligne des yeux pour tenter de voir la même chose que lui.

— Fixe un point derrière ta main, tout en continuant de la regarder.

— Ça n'a aucun sens.

Je me tourne, et mes seins effleurent le torse ferme de Charlie. Mes tétons durcissent et une chaleur se propage dans mon cou.

Il me regarde avec un sourire en coin. Je suis sûre qu'il

sait que je le trouve séduisant. Il me fait pivoter et me donne une tape sur les fesses et m'ordonne :

— Réessaye.

~

Aurélia

Quand vient l'heure d'entamer mon service, je me sens vidée de mon énergie, mais triomphante.

Je suis surprise que Charlie me laisse aller au travail, mais il doit savoir que je ne risque pas de m'enfuir. Il y a déjà un lien entre nous. C'est bizarre, mais c'est vrai.

Sur le chemin, j'achète un burrito à l'un des *food-trucks*, et je le mange en marchant. Je n'arrête pas de penser au vampire. Est-il vraiment né en 1825 ? Qu'a-t-il vécu ? Et quel pourcentage des légendes sur son espèce est exact ? Les vampires sont-ils incapables de raconter des mensonges ? Manger de l'ail suffirait-il à le tenir à l'écart ? Où se fournira-t-il en sang, s'il ne boit pas le mien ? Tue-t-il souvent des gens ?

Ça, je n'ai peut-être pas envie de le savoir. Je presse le pas, impatiente de voir les enfants dont je m'occupe.

— Auréliaaaa ! s'exclament plusieurs voix quand j'arrive au travail.

Willie fonce dans son fauteuil roulant pour m'accueillir, et Shelly et Matte se précipitent pour me prendre dans leurs bras. Je leur dis bonsoir avant de superviser leur temps libre et leur dîner.

— Qu'est-ce qu'on fait ce soir ? me demande Shelly après le repas.

J'organise toujours une dernière activité avant l'heure du coucher, pour qu'ils se défoulent un peu avant d'aller se reposer.

— On joue aux mimes, annoncé-je d'un ton enthousiaste en agitant les mains.

— Ouais ! s'écrient les enfants.

— Qui est prêt ?

— Moi ! Moi ! disent-ils en cœur.

Ceux qui veulent jouer se rassemblent, et je lance la partie en formant des équipes et en tirant la première carte de mon groupe. Je me place devant tout le monde et tente de faire deviner *Mission Impossible* à mon équipe, ce qui est effectivement mission impossible. Ils n'ont aucune idée de qui est Tom Cruise. Je mime du mieux possible sous les rires des enfants.

— *Fast and Furious*, dit Gwen en riant.

Je lève les yeux au ciel.

Puis je me fige.

Charlie se tient dans l'entrée, les bras croisés sur sa poitrine musclée, l'air amusé.

Nom d'un chien. Il est venu sur mon lieu de travail. Il est fou, ou quoi ?

Le minuteur sonne, et les enfants se font une joie de m'informer que j'ai perdu. Je me plaque un sourire radieux au visage alors que je rejoins mon groupe sans regarder Charlie. Mais je suis pleinement consciente d'où il se trouve dans la pièce. Il pourrait tout aussi bien y avoir un point clignotant sur une carte. *Alerte au vampire !*

Gwen tourne la tête et sursaute en l'apercevant. Elle reste bouche bée. Soit la beauté de Charlie la laisse sans voix, soit elle comprend que quelque chose ne va pas.

Avant que j'aie l'occasion de l'appeler ou d'aller la voir, elle retrouve une expression neutre. Elle détourne les yeux de

Charlie, comme si elle ne le voyait plus, et continue de vaquer à ses occupations comme si de rien n'était.

Le vampire vient-il d'hypnotiser ma collègue ? Mince alors. Combien de temps va-t-il continuer de semer le chaos partout ?

Il se dirige vers moi d'un pas bondissant.

— Qu'est-ce que tu fabriques ici ? soufflé-je d'un ton sec quand il arrive à ma hauteur.

Il hausse les épaules.

— Je te l'ai dit. Tu ne te débarrasseras pas de moi tant que tu ne m'auras pas libéré de mon sort.

— Mais je suis au travail. Il faut que tu t'en ailles. Tout de suite.

— Ah, ma belle, qui va m'y forcer ?

Je serre machinalement les poings, mais je n'ai aucun moyen de l'obliger à obéir. Supporter sa présence chez moi, c'est une chose, mais mettre en danger ces enfants innocents en les exposant à un vampire me rend malade.

Mes protégés ne semblent pas le voir. J'ignore si c'est une bonne ou une mauvaise chose.

Je me penche vers Charlie, pleine d'une colère bouillonnante.

— Si tu touches ne serait-ce qu'un cheveu...

— Je ne suis pas là pour faire du mal aux enfants, m'interrompt-il, visiblement vexé.

— Pourquoi, alors ?

— On a du boulot. Juste après le coucher du soleil, c'est mon meilleur moment. Alors je vais travailler ici avec toi.

Mes épaules s'affaissent.

— Hors de question.

— Alors, modifie ton planning pour bosser en journée, dit-il, comme si c'était aussi simple.

Je serre les dents pour me retenir d'insulter ce suceur de sang arrogant.

— J'adorerais, mais ce n'est pas moi qui choisis mes heures. Je suis tout en bas de l'échelle, ici.

Charlie penche la tête sur le côté.

— La personne qui se charge de ces décisions est présente ce soir ?

Mon estomac se serre. Que va-t-il lui faire ?

— Oui, réponds-je, sur mes gardes. Pourquoi ? Qu'est-ce que tu comptes faire, l'hypnotiser ?

— Pourquoi pas ?

— Eh bien, ce ne sera peut-être pas si simple. Elle n'a peut-être personne de disponible pour échanger mon créneau horaire avec le sien, ou alors la direction interdit ce genre de choses...

— Où est-elle ? me coupe-t-il.

Je soutiens son regard, indécise. D'un côté, je préférerais vraiment travailler de jour, alors pourquoi ne pas tenter le coup ? De l'autre, plus le vampire se mêlera de ma vie, plus les choses seront compliquées.

Ou alors, tout se passera bien. Je pose une main sur mon ventre pour me calmer.

— Édith Johnson. Grande, avec des cheveux poivre et sel. Son bureau se trouve au bout du couloir de droite.

Il me fait un clin d'œil.

— Je reviens tout de suite.

Je m'attends à moitié à ce qu'il se volatilise comme la nuit dernière, mais il tourne les talons et s'éloigne en marchant. Les muscles de son dos ondulent sous sa chemise ajustée, et son jean usé lui moule les fesses.

— Mlle Aurélia !

J'arrache mes pensées des fesses parfaites du vampire

arrogant. C'est de nouveau le tour de mon équipe, et les enfants veulent reprendre les mimes.

Malheureusement, deux d'entre eux se disputent au sujet d'une réponse, et l'un d'entre eux, Tommy, un garçon de huit ans qui a du mal à gérer ses émotions, entre autres, se jette sur son camarade. J'interviens et le maîtrise comme on nous l'a appris, ses bras croisés sur sa poitrine pendant que je le maintiens par-derrière en lui parlant d'une voix douce.

Tommy se débat avec une force impressionnante pour un enfant de son âge, et je manque de le lâcher.

Le doux parfum de Charlie me parvient avant même que je réalise qu'il est de retour. Il vient se placer à côté de moi à une vitesse surnaturelle. Je sursaute, et Tommy se débat de plus belle.

— Tout va bien, Tommy. Calme-toi. Respire, dis-je d'une voix apaisante.

— Regarde-moi, Tommy, ordonne Charlie.

— Non, arrête ! protesté-je, le cœur battant.

Ma panique amplifie celle du petit garçon, et il libère une de ses mains, qu'il abat sur mon visage. Je lui attrape le poignet et le plaque contre sa taille. La situation devient grave. Si d'autres animatrices débarquent, j'aurai du mal à leur expliquer la présence de Charlie. Sauf s'il les hypnotise tous, y compris Tommy. Mais surtout, j'ai peur qu'il fasse du mal au petit garçon ou qu'il me crée des ennuis.

Charlie croise le regard de Tommy, et ce dernier se détend. Je le lâche, et il se tourne vers moi pour me prendre dans ses bras.

— Pardon, Aurélia, dit-il d'une voix chantante, sa colère complètement oubliée.

— Tout va bien, Tommy, réponds-je en lui rendant son étreinte.

Je jette un regard au vampire, qui hausse un sourcil.

— Tu vois ? Je n'ai rien fait de mal. Il est content, maintenant.

~

Charlie

Si les regards pouvaient tuer, je serais tombé comme une mouche devant celui d'Aurélia. Mais dès que je l'ai vue lutter avec le petit garçon, mon instinct protecteur a pris le dessus, même si elle maîtrisait la situation. J'ai agi sans réfléchir.

Je n'aurais pas dû m'en mêler.

Je me dématérialise et réapparais à l'Éclipse, un bar de Congress Street tenu par un loup-garou du nom de Garrett. Un vampire puissant, Lucius, est en train de s'emparer de Tucson. Il y a déjà établi une boîte de nuit, mais je préfère ne pas attirer son attention. Ce bar de loups-garous accepte tout le monde, et tant que je ne leur crée pas d'ennuis, ils ne répéteront pas à Lucius que je suis en ville.

Je commande une vodka et m'assois au bar. Un groupe de guépards-garous jouent au billard au fond de la salle. Quelques-uns d'entre eux marmonnent « sangsue », mais je les ignore. Les vampires et les métamorphes ne sont généralement pas amis. Non que je m'entende bien avec les autres représentants de mon espèce. Mais j'aime bien l'Éclipse. C'est plutôt confortable, d'être en présence d'autres créatures de la nuit. Pas besoin de m'expliquer sur les raisons de ma présence dans ce bar ; personne ne pose de questions, ici.

Une barmaid aux cheveux roses me tend mon verre. Elle est mortelle, mais je doute qu'elle sache ce qui se passe vraiment dans ce bar. Certains humains sont attirés par les créatures surnaturelles. Les gothiques, par exemple : beaucoup d'entre eux ont une affinité pour les vampires, qu'ils le reconnaissent ou non.

— Comment ça va ? roucoule la jeune femme en se penchant sur le bar pour mettre en valeur son décolleté plongeant.

— Bien, réponds-je du ton le plus morne possible.

— Mais encore ?

— Ça va bien. Et ici, tout se passe bien ?

Parler pour ne rien dire m'ennuie, tout comme la tentative de drague de cette humaine. Les guépards-garous continuent de me fusiller du regard ; Garrett n'emploie que des loups comme videurs, mais sa meute a des relations, et les guépards n'hésiteront pas à jouer les gros bras si je les provoque.

Pendant ce temps-là, la barmaid serre les bras de chaque côté de ses seins pour que son décolleté devienne encore plus pigeonnant, comme une offrande.

Sans le vouloir, je repense à la jolie poitrine d'Aurélia. Je me souviens de la petite exclamation troublée qu'elle a poussée quand je lui ai arraché son soutien-gorge avec les dents. J'ai l'intention d'aller beaucoup plus loin avec elle. J'ai hâte de mettre en pratique toutes mes idées. Elle est si sensible que je me ferai un plaisir de la dompter pour qu'elle devienne mienne...

Non.

Ce n'est pas pour ça que je suis là. Je ne veux pas l'entraîner à se soumettre, je veux qu'elle me libère d'un sort. Point final. Fin de l'histoire.

La dernière chose qu'il me faut, c'est de me lier sentimentalement à une autre fée. Ma petite mortelle remue déjà des émotions joyeusement refoulées depuis longtemps. Comme la culpabilité, par exemple.

Je couve mon verre jusqu'à minuit, puis je quitte le bar et

me rends au travail d'Aurélia. Elle est déjà sortie et marche sur le trottoir à petits pas pressés.

— Où est ta bulle ? demandé-je d'une voix traînante.

Chacun de mes pas équivaut à deux des siens, et même à mon allure tranquille, je la rattrape bien vite.

Elle se presse, le nez en l'air. Pas besoin de la renifler pour savoir qu'elle est en colère contre moi.

Je marche à côté d'elle, les mains dans les poches.

— Je crois que ça ne me plaît pas, que tu rentres seule le soir. Tu te sers toujours de ta bulle, ou seulement quand tu vois des vampires ?

Elle ne répond pas.

— Je te conseille de ne pas la faire apparaître en présence de vampires, sauf si tu n'as pas d'autre choix. Tu ne voudrais pas que quelqu'un de moins agréable que moi s'intéresse à toi.

— Des vampires *moins* agréables que toi ? C'est possible, ça ? raille-t-elle.

Elle ne me regarde même pas, et continue d'avancer d'un pas lourd.

— Oui, réponds-je en pensant à ceux que j'ai croisés au cours de ma vie. La plupart voient les humains comme du bétail, de la nourriture. Ils te videraient de ton sang à l'instant où ils découvriraient ton pouvoir, Aurélia.

— Merci du conseil, dit-elle d'une voix débordante de sarcasme. Je ne voudrais surtout pas qu'un vampire flippant me trouve dans la rue et me suive jusque chez moi.

Elle a de la chance que je trouve sa répartie amusante. Ses fesses sont tellement belles. J'admire la façon dont leurs muscles se contractent alors qu'Aurélia se hâte de rentrer chez elle.

Je n'aurais pas dû baisser ma garde. Quand elle atteint sa

porte, elle la déverrouille et se dépêche d'entrer. Elle pivote et annonce d'une voix sèche :

— Tu n'es *pas* invité à l'intérieur.

Je continue d'approcher, et elle me jette un regard noir.

— Je retire ton invitation, insiste-t-elle, comme pour tester cette nouvelle combinaison de mots.

Les deux phrases sont efficaces. Mon visage et mon corps me picotent comme si j'essayais de traverser une clôture électrique. Je fusille la barrière invisible du regard.

Triomphante, Aurélia m'adresse un sourire glacial et me claque la porte au nez.

Je tambourine à la porte.

— Aurélia !

Quand elle ne répond pas, je continue de frapper jusqu'à ce que la porte de la voisine s'ouvre.

— Qu'est-ce que c'est que...

— Rentre chez toi, Karen, ordonné-je.

La jeune femme referme la bouche. J'ajoute quelques suggestions. Quand j'ai terminé, Karen n'est plus en mesure d'entendre les sons en provenance de chez Aurélia, et elle ne se souviendra pas de ma présence. Elle rentre chez elle, et je recommence à tambouriner à la porte.

— Arrête, ou j'appelle les flics, me lance Aurélia.

— Qu'est-ce qu'ils pourront faire, à ton avis ?

Un silence derrière la porte. Je patiente. Aurélia est intelligente. Elle arrivera toute seule à la conclusion que la police ne peut rien contre un vampire. Aucun humain ne peut m'atteindre.

Le silence s'étire une minute, et je perds patience.

— Tu veux que je commence à casser tes fenêtres ?

Aurélia ouvre la porte à la volée. L'espace d'un instant, elle est entourée de lumière, comme telle Madone et son halo.

— Tu aurais du mal à dormir pendant la journée, si tu faisais ça, non ? fait-elle remarquer.

Je me contente de sourire. Elle sait très bien qu'elle a perdu la partie.

— Pourquoi tu ne t'en vas pas ?

Elle est superbe, quand elle est en colère, avec ses yeux qui lancent des éclairs. Je salive en percevant l'odeur de sa magie.

Mais je suis à bout de patience.

— Invite-moi à entrer. *Tout de suite*, Aurélia.

Elle souffle, puis lève fièrement le menton.

— Tu regretteras de m'avoir fait attendre.

Ce n'est pas une menace, c'est un fait.

— Bon, d'accord, entre, dit-elle d'une voix cassante.

Je lui passe devant à toute vitesse, la prends par la taille et la soulève alors que je referme la porte. Ses jambes fuselées s'agitent dans tous les sens, et elle me donne des coups de poing dans le dos.

— Lâche. Moi !

— Ne m'enferme pas dehors, grogné-je.

Elle doit réaliser que je suis fâché, car son ton change.

— Attends. Arrête, tente-t-elle de m'amadouer. Je suis désolée. Calme-toi. Je ne recommencerai pas. Plus jamais, je te le promets !

Je passe la langue sur la pointe de mes canines, mais elles ne se sont pas allongées. Alors de quoi a-t-elle si peur ?

Je prends une inspiration et sens ce qu'elle essaye de dissimuler. Son excitation. La pointe de peur ne suffit pas à masquer cette odeur, comme un tourbillon de chocolat au centre d'un gros gâteau. Elle n'a pas peur de moi. Elle a peur de ce qu'elle ressent.

Je la prends par les cheveux et lui renverse la tête en arrière, tirant légèrement pour ajouter un peu de douleur à l'équation. Son odeur devient plus complexe, encore plus délicieuse qu'avant : fraises, soleil et champagne.

La douleur rend le sang des victimes plus sucré. Au cours des millénaires, mon espèce s'en est servie pour amplifier ce phénomène en torturant nos proies. Les plus raffinés d'entre nous, cependant, comme le roi-vampire Lucius Frangelico, celui qui cherche à s'emparer de Tucson, se sert de la peur et de la douleur sexuelle pour créer ses sang-sucrés. Des donneurs volontaires affluent dans son donjon BDSM pour souffrir et offrir leurs veines à leurs maîtres.

J'ai déjà joué à ça, mais mon sort m'empêche d'en tirer quelque chose de satisfaisant, mis à part le goût du sang. À présent que ma douce Aurélia se tortille dans mes bras, toutefois, je suis tenté d'explorer cette idée.

En profondeur.

Je porte la petite fae jusqu'au canapé et l'assois à califourchon sur mes cuisses. Je saisis ses fesses et les pétris.

— C'était de très belles excuses, dis-je d'une voix rauque. J'adore entendre le désespoir dans ta voix. Mais tu crois vraiment que ça suffira à t'épargner une punition ?

Elle se détend et joue le jeu. Quelque part, elle a envie de se soumettre à moi.

— Tu vas me donner une fessée ?

— Je ne sais pas trop. Tu risquerais d'aimer ça.

Elle rougit.

— Je m'excuse de t'avoir fait peur, tout à l'heure, dis-je. Mais franchement, je crois qu'il va falloir que tu me fasses un peu plus confiance. Je suis un vampire, mais j'ai été humain, tu sais. Je ne ferais jamais de mal à un innocent.

— Tu avais les crocs à moitié sortis, me fait-elle remarquer d'un ton accusateur.

Je suis surpris. Vraiment ? Je me rappelle m'être précipité à ses côtés. J'avais eu peur pour elle.

— Pendant un instant, j'ai cru que tu étais en danger.

Elle me regarde avec des yeux ronds.

— Face à un petit garçon ?

Je secoue rapidement la tête.

— Ce n'est pas logique, je sais. Mais en revenant, je t'ai vue en difficulté, et j'ai eu l'instinct de te protéger. Mais mes canines se sont à peine allongées. Quand je suis en colère et qu'elles sont pleinement sorties, tu as plutôt intérêt à être très prudente.

— Tu as... eu l'instinct de me protéger ?

— Bizarre, hein ? Ça va à l'encontre de ma nature de vampire, de me préoccuper de quelqu'un d'autre que moi, dis-je avec un sourire. Je dois vraiment croire que tu es capable de rompre mon sort.

La façon dont ses yeux pailletés d'or me dévisagent m'apprend qu'elle n'a pas gobé mon explication. Je vais devoir protéger mes sentiments de cette petite fée.

— J'ai réussi à faire en sorte que tu travailles en journée. Tu vois ? Je ne suis pas qu'un monstre.

— Ouais, répond-elle en posant les yeux sur mes lèvres. Merci d'avoir fait ça.

À ma grande surprise, elle se penche et m'embrasse.

Je me jette à corps perdu dans ce baiser et prends son visage dans mes mains pour l'embrasser à mon tour. Je lui lèche la bouche, lui chatouille les lèvres. Elle me passe les bras autour du cou et plonge la langue dans ma bouche pile quand mes crocs s'allongent d'excitation. Elle recule dans un cri de douleur, la langue coupée sur une canine acérée.

L'odeur du sang fait sortir mes crocs en totalité. Je lui attrape la tête et colle ses lèvres aux miennes pour réparer les dégâts.

Elle pousse une exclamation étouffée, et tente de me

repousser alors que j'aspire sa langue pour refermer sa plaie et lui assurer une cicatrisation rapide.

Je la relâche, et elle s'éloigne de moi en toute hâte, pâle et terrorisée.

— Je refermais ta blessure.

Je garde un ton mesuré, même si sa méfiance m'agace plus que de raison. C'est moi qui me suis comporté comme un con avec elle. Elle a parfaitement le droit de ne pas me faire confiance. Pourtant, je me sens blessé.

Quand suis-je devenu si sensible ?

— Ma salive a des propriétés cicatrisantes et analgésiques.

— S'il te plaît, arrête, me supplie-t-elle en s'éloignant de moi.

Eh, merde.

∼

Aurélia

Le vampire semble agacé, ses sourcils froncés alors qu'il se rend dans la cuisine à grands pas.

Je n'ai pas fait exprès de réagir de façon aussi désagréable, mais pendant un instant, je croyais que ma vie était arrivée à sa fin, qu'il allait me vider de mon sang.

À présent que je vois que je l'ai vexé, voire même blessé, je comprends qu'il avait peut-être raison. Lui faire un peu plus confiance est sans doute nécessaire.

Il ouvre le frigo et regarde les étagères vides.

— Pourquoi tout est-il vide de nourriture, ici ? Qu'est-ce que tu manges ?

Je déteste ça, quand les gens découvrent à quel point je suis pauvre.

— Désolée, Majesté. Je ne savais pas que Son Altesse Royale aurait besoin de nourriture. Tu devrais peut-être participer financièrement aux courses.

Il se retourne.

— C'est pour ça que tu n'as rien à manger ?

Je hausse les épaules.

— Alors ? insiste-t-il.

— Ça, et le fait que je n'ai pas de voiture, alors je ne peux pas faire de grosses courses.

Il lève les yeux au ciel et disparaît.

M'habituerai-je un jour à la façon qu'il a de se volatiliser, puis de réapparaître ? Je cligne des yeux en regardant l'endroit qu'il vient de quitter, le cœur serré. Je me frotte la poitrine avec le sentiment d'avoir été abandonnée. Mais c'est absurde. Je devrais être contente qu'il débarrasse le plancher.

Reviendra-t-il ce soir ? Rapportera-t-il à manger ? Je fouille dans la cuisine et réalise que j'espère vraiment qu'il en apportera pour moi aussi. Mais c'est sans doute trop demander. Il a été clair : seule sa petite personne l'intéresse.

Je tente de rester énervée, mais je n'arrête pas de repenser à une seule chose : il s'est montré protecteur avec moi quand j'étais avec Tommy. C'est peut-être seulement parce qu'il a besoin de moi. En tout cas, c'est ce qu'il prétend. Mais notre alchimie est indéniable. Entre nous, c'est torride. *Tout* m'excite chez ce vampire sexy, même quand il se comporte comme un con.

Ou est-ce *surtout* quand il se comporte comme un con ? Car il a beau m'exaspérer, une part de moi n'a pas envie qu'il arrête.

Mais c'est tordu.

Il faut que je m'immunise contre son charme, parce que je

suis complètement dépassée par les événements. Si ça se trouve, il prévoit de me tuer ou de me transformer quand il en aura fini avec moi. Si ça se trouve, il mettra tout en œuvre pour me soumettre, quitte à me forcer à lui lécher les bottes ou à lui servir d'esclave sexuelle... Oh la vache. Pourquoi cette idée m'excite-t-elle autant ?

J'allume la télé, dans l'attente, même si j'ignore s'il compte revenir.

Une heure plus tard, une voiture se gare devant mon duplex. Comme il m'est impossible de regarder par la fenêtre, j'entrouvre la porte et jette un coup d'œil dehors.

Non. J'y crois pas.

Charlie traverse le trottoir avec au moins quatre sacs de courses dans les bras. J'ouvre grand la porte et me précipite pour l'accueillir, pieds nus.

— Laisse-moi porter quelques sacs.

— Ne dis pas de bêtises.

Il tord le cou par-dessus les sacs pour me regarder d'un air amusé. Qu'est-ce qu'il est sexy !

— Alors maintenant, tu es galant ?

Quand il ne répond pas, je demande :

— Il y en a d'autres ?

— Oui, mais j'irai les chercher. Toi, range les affaires.

Dictateur.

Je devrais avoir l'habitude, depuis le temps. Je jette un regard dans le premier sac qu'il pose. Je suis toute contente.

C'est bête ; je ne mourais pas de faim. Mais je me serre la ceinture depuis que j'ai emménagé à Tucson pour obtenir mon diplôme d'enseignante à l'Université de l'Arizona. Depuis que j'ai obtenu mon diplôme, des coupures budgétaires ont réduit le nombre de postes dans tous les districts, et comme je ne trouvais pas de boulot, j'ai accepté de travailler au centre. Ça ne paye pas beaucoup plus que le salaire minimum, mais au moins, je mets mon diplôme en pratique, et ça m'aidera peut-être à obtenir un poste d'enseignante un jour.

Quoi qu'il en soit, je n'ai pas les moyens de me payer les luxes que Charlie a achetés : des steaks, des crevettes, des coquilles Saint-Jacques. La meilleure marque de glaces. Des légumes bio et des crackers importés. Du bon vin. Des fromages européens. Je suis presque euphorique.

Il a aussi acheté des articles chez le traiteur : du parmentier de mouton, de la macédoine et des frites de patate douce. Malgré son côté impérieux, il met la main à la pâte et range la nourriture dans le frigo, ouvre les boîtes du traiteur et pose des assiettes sur la table.

— Merci.

À présent, je me sens coupable de lui avoir reproché de ne pas participer. J'espère que nous ne sommes pas censés faire les courses à tour de rôle, parce que je ne peux pas me permettre la moitié de ce qu'il a acheté. Je sors deux fourchettes et m'assois devant lui. Je le dévisage à la dérobée, admire ses canines juste un peu plus longues que celles d'un mortel, même quand elles sont rétractées. Pourquoi est-ce que je les trouve si attirantes ? Surtout quand elles devraient me terrifier ? Ou alors, c'est peut-être justement parce qu'elles me terrifient que je suis attirée.

Je me jette sur la nourriture, et quand je termine mon assiette au bout de seulement quelques minutes, il hausse un sourcil.

— Tu as encore faim ? Je t'en prie.

Il me montre le reste des boîtes du traiteur avec sa fourchette.

— Non merci.

— Vas-y, tu as mangé comme une morte de faim. Et ça ne me dérangerait pas que tu te remplumes un peu.

— Mon but n'est pas de me conformer à tes préférences physiques, répliqué-je d'un ton sec.

Je porte mon assiette jusqu'à l'évier. Quand j'aperçois une boîte de biscuits sablés belges sur le plan de travail, je me radoucis :

— Je peux en goûter un ?

— Sers-toi. La nourriture est pour toi.

Alors que je déchire l'emballage, il me demande :

— Tu travailles demain ?

— Non, j'ai un jour de congé.

— Quel est ton nouvel emploi du temps ?

— Je travaille de huit heures à dix-sept heures, comme une personne normale.

Il émet un petit son réprobateur.

— Maintenant, tu vas vouloir dormir la nuit, évidemment. Je vais peut-être devoir te faire quitter cet emploi.

Je manque de m'étouffer.

— Non, dis-je du ton le plus sévère possible.

Il hausse un sourcil brun.

— Tu l'aimes tant que ça ?

Je penche la tête et mâche mon biscuit avant d'avaler.

— Certains aspects, oui. J'en déteste d'autres. Mais ces enfants ont besoin de moi. Je ne démissionnerai pas. Je préfère encore te planter un pieu dans le cœur.

Il retourne à son assiette.

— Tu parles de mettre fin à mes jours d'un ton bien désinvolte. Tu tuerais toute personne qui s'interposerait entre toi et ta carrière ?

— Eh bien, non, mais...

Il se tourne de nouveau vers moi.

— Mais quoi ?

Je déglutis.

— Mais je suis un vampire, donc ma vie ne compte pas, c'est ça ?

Je joue avec le paquet de gâteaux tout en évitant son regard.

— Je vois, dit-il sèchement.

Je casse un biscuit en deux et lèche la partie en chocolat, les paupières fermées pour savourer ce délice. Quand je rouvre les yeux, Charlie me regarde comme si c'était moi le biscuit, et qu'il avait envie de mordre dedans.

— Quoi ? dis-je d'un ton fanfaron pour cacher mon trouble.

— C'est répugnant, répond-il avec un petit reniflement.

Je plisse le nez et tente de trouver une réplique spirituelle.

— Et plutôt mignon, ajoute-t-il d'une voix grave et aussi savoureuse que le chocolat.

Sa remarque me fait fondre, et je réprime un gloussement. Crotte, je suis sérieusement en train de flirter ?

— Merci encore d'avoir fait les courses, dis-je d'une voix douce avant de donner un nouveau coup de langue à mon biscuit.

Nonchalamment installé sur ma chaise de cuisine, Charlie est l'image même de l'arrogance.

— Oui, eh bien, tu en auras besoin pour me faire la cuisine.

— Je ne sais pas vraiment cuisiner.

Pas terrible, comme réplique, mais il vaut mieux que mon kidnappeur vampirique l'apprenne dès maintenant.

— Dans ce cas, ça te fait une autre compétence à apprendre, en plus de la magie. Tu vas devoir étudier sérieusement pour me prouver que tu peux garder ton emploi tout en faisant efficacement ce que j'attends de toi.

Je lève les yeux au ciel et bâille assez fort pour faire

craquer ma mâchoire. La pendule indique trois heures du matin.

— Je t'autorise à aller te coucher, déclare-t-il de son ton autoritaire.

— Tu décides aussi de mes heures de sommeil ?

— En ce qui te concerne, je décide de tout, petite mortelle.

Son regard me détaille des pieds à la tête, et soudain, mes vêtements me paraissent tous trop moulants. Je meurs d'envie qu'il *décide* de prendre certaines choses en main. Une très mauvaise idée. Pourquoi face à ce vampire, mon Q.I. touche-t-il le fond ?

Incapable de trouver une réponse intelligente, je m'enfuis dans ma chambre.

harlie

La petite mortelle tente de s'enfuir. Adorable. Je fonce dans sa chambre et me matérialise au pied de son lit, décidant de prendre une pose nonchalante d'observateur, les jambes croisées. Comme un mécène prêt à assister à un spectacle. Je vais la regarder se déshabiller, rien que pour lui rappeler qui est le chef.

Aurélia ne sait pas que je suis là. Elle est face au mur, sans tee-shirt, me révélant les muscles fins de son dos. Elle déboutonne son pantalon et le jette dans le panier à linge. Elle ne porte qu'une simple culotte en coton gris, mais cette pièce de tissu est on-ne-peut-plus érotique, moulée à ses fesses musclées, révélant juste assez de chair pour me donner une érection.

Elle se retourne et pousse un cri en me voyant. Elle plaque son haut de pyjama contre ses seins.

— Qu... qu'est-ce que tu fais là ?

— Je profite du spectacle.

J'attends le déchaînement de colère. Je suis impatient, même.

Au lieu de cela, elle reste parfaitement immobile et se frotte les lèvres l'une contre l'autre, haletante. *Oh, là là. Elle est excitée.*

— Sors d'ici, murmure-t-elle sans conviction.

Vu les coups d'œil qu'elle n'arrête pas de jeter à mon entrejambe, je m'attends presque à ce qu'elle revienne sur ses mots.

— Tu n'as pas besoin de mettre ça, dis-je en désignant le haut de pyjama. Ça ne me dérange pas que tu restes comme ça pour dormir avec moi.

— Tu... crache-t-elle. Tu ne dors pas avec moi.

D'un air moins convaincu, elle ajoute :

— Je ne veux pas de toi ici.

— Ton odeur me dit le contraire.

Elle lève brusquement les yeux vers les miens.

— Quoi ?

— Avoue, Aurélia. Tu as chaud partout, là.

Un rougissement part de ses joues pour s'étendre jusque dans son cou.

— Qu'est-ce que tu attends de moi ? me demande-t-elle d'un ton de défi.

— Viens ici, susurré-je.

Elle commence à avancer, et je me réjouis de cette petite victoire. Quand elle est assez proche, je lui arrache son haut de pyjama affriolant des mains et le laisse tomber par terre.

Elle se couvre les seins avec ses avant-bras.

Je la prends par les poignets et lui écarte les bras, avant de les plaquer contre ses flancs.

— Tu as une très belle poitrine, lui dis-je alors que mes crocs grandissent.

La fragrance fraîche de son excitation emplit la pièce.

Qu'est-ce qui l'excite le plus ? Mes ordres, mes mains autour de ses poignets, ou la vue de mes canines qui s'allongent pour elle ?

— S'il te plaît, parvient-elle à dire la voix serrée.

Je fais remonter mon regard de ses seins à son visage, lui chatouillant la peau au passage.

— S'il te plaît, Charlie...

— J'aime bien que tu me supplies, murmuré-je.

L'odeur de son désir s'amplifie.

— S'il te plaît.

Je lui soulève les poignets et lui pose les mains sur la tête.

— Garde les mains là, ma belle. Montre-moi que tu es capable d'obéir.

Elle déglutit, les pupilles dilatées.

— Qu'est-ce que j'y gagne ? demande-t-elle d'une voix rauque et sensuelle.

Je passe les pouces dans sa culotte et la fais lentement glisser le long de ses cuisses. Elle serre les jambes, et je regarde une gouttelette s'échapper de son sexe, fasciné. Je la récupère avec le doigt et la porte à ma bouche. Alors que je goûte à ce nectar, mon membre se met à pousser contre la fermeture de mon pantalon.

Putain, c'est une torture.

J'ignore pourquoi je m'inflige une telle chose, mais je suis incapable de ne pas satisfaire cette superbe femme presque inexplorée.

Après avoir supporté ma présence et mes exigences incessantes, elle mérite bien ça.

Ses lèvres pulpeuses sont entrouvertes, ses tétons en pointes. Je passe délicatement les pouces dessus.

Mon membre me lance.

Je pousse un grognement satisfait alors que je fais lentement le tour de son corps pour l'admirer. Je passe la paume de ma main sur ses fesses, puis je l'abats sur sa chair.

Elle pousse une exclamation et vacille, mais reste en position, à ma plus grande satisfaction.

Je lui donne une claque sur l'autre fesse. Elle frémit, haletante.

— Tu aimes que je te donne la fessée, fais-je remarquer.

Elle laisse retomber ses bras et essaye de pivoter, mais je la prends par les poignets et les lui maintiens au-dessus de la tête d'une main, l'obligeant à se mettre sur la pointe des pieds, déséquilibrée vers l'avant.

Je lui donne une autre grande tape sur chaque fesse, avant de masser sa chair brûlante.

— Le rose te va bien, dis-je.

— Pourquoi... pourquoi tu fais ça ?

Je me fais plus doux, à présent, et je caresse sa peau pour l'apaiser.

— Les vampires aiment mélanger la douleur et le plaisir, quand ils jouent avec des mortelles. Ça rend le sang de nos proies plus sucré.

Elle se raidit, mais je presse mon corps contre le sien et lui murmure à l'oreille :

— Tu t'es rendue à moi. Pourquoi ?

— Tu m'y as obligée, ment-elle.

Elle repose ses talons par terre, ce qui la rapproche encore de moi.

— Non, Aurélia, lui soufflé-je. Tu en as envie. Tu es curieuse. Tu veux savoir ce qui se passe ensuite, pas vrai ?

Quand elle ne répond pas, je lui donne une autre claque sur les fesses.

— C'est pas vrai ?

— Si, lâche-t-elle.

Sa confession m'emplit la poitrine de la chaleur du

succès. Je lui caresse le derrière, et mes doigts glissent entre ses cuisses. Elle sursaute quand ils effleurent son sexe gonflé. Elle serre les jambes comme pour me tenir à l'écart.

— Allons, Aurélia. On sait tous les deux que c'est ce que tu veux.

Je glisse de nouveau les doigts entre ses jambes et me fraye un chemin jusqu'à ce qu'ils atteignent son entrée mouillée.

— Ta petite chatte est prête à m'accueillir, dis-je d'une voix grave.

Elle pousse un gémissement tremblant.

J'enfonce un doigt en elle, et elle se tortille contre moi pour en avoir plus.

— Supplie-moi, lui dis-je.

— Non.

— Non ?

Je retire mes doigts.

— Attends...

— Ah.

Satisfait, je passe un bras autour d'elle et lui pose une main sur le ventre, mes lèvres contre son oreille.

— Qu'est-ce qui te fait le plus peur, Aurélia ? D'aimer ça, ou de me céder ?

Ses jambes tremblent, comme si elle avait du mal à tenir debout. Je la retiens et lui mordille le lobe.

— Tu n'arrives pas à te débarrasser de ta fierté, c'est ça ? Admets que tu veux que ton maître te donne du plaisir.

— S'il te plaît...

Je lui donne un coup de langue sur le lobe.

— S'il te plaît, maître, fais-moi du bien ? Qu'est-ce que tu aimerais que je fasse ?

— Je ne sais pas, gémit-elle.

Je recule pour lui donner une nouvelle fessée.

— Ooh !

— Si, tu sais, mais tu as trop peur d'admettre ton désir.

— Non, insiste-t-elle, bornée.

— Non ?

— Non, répète-t-elle fermement.

Je m'éloigne pour la dévisager. Elle lève le menton. Son visage est illuminé par sa magie, sa peau est baignée de lumière de fée. Elle rayonne, littéralement. Je n'arrive pas à croire qu'elle ne le remarque pas.

Que suis-je en train de faire ? Aurélia n'est pas mon amante. Elle n'est qu'un moyen d'obtenir ce que je veux. Je pourrais la séduire, mais tant que ce sort m'affectera, ce sera vain.

Dès qu'elle aura rompu le sort, je m'en irai. Tout le reste n'est qu'une distraction : son corps sexy, son audace, son beau visage. Et j'ai juré de ne jamais plus me laisser distraire par une femme.

— Va te coucher. Tu as besoin de prendre des forces pour demain.

Sur ces mots, je lui lâche les poignets et je disparais.

Aurélia

Je me jette sur l'endroit où se tenait Charlie, mais il s'est déjà volatilisé. Mes mains se referment sur le vide.

Bon sang. Je ne voulais pas réellement qu'il parte. *Baisse l'arrogance d'un cran, mec. Et calme-toi sur les phrases salaces... ou pas.*

Mais peu importe, il est parti.

Je me passe la main sur le visage et calme ma respiration tremblante. Alors que je me dirige vers le lit, j'ai les jambes en coton, et mon sexe me lance en rythme avec mes fesses. D'un geste mécanique, je ramasse mon pyjama et l'enfile avec des mains tremblantes.

Où est-il passé ? Se trouve-t-il toujours dans mon appartement ? Où disparaît-il, à chaque fois ?

Mais la véritable question, c'est : pourquoi lui ai-je dit de partir ? Pourquoi lui ai-je dit non ? J'avais envie de lui, je *voulais* aller plus loin. Pourquoi n'avais-je pas réussi à l'admettre ?

Je me place devant mon miroir en pied et j'observe mon visage comme s'il pouvait me livrer des réponses. Je ne me ressemble plus. Mes yeux sont écarquillés et vitreux, comme si j'étais dans un état second. J'ai les joues rouges et les cheveux ébouriffés. On dirait que je viens de m'envoyer en l'air avec un vampire. Et j'aurais pu. J'ai eu ma chance.

Je pose doucement le front sur le miroir, prenant sur moi pour ne pas donner un coup de tête dedans. Pourquoi. Avoir. Dit. Non ?

Était-ce par fierté ?

Mon sexe se contracte à nouveau. Je suis prête à parier ma dernière culotte que Charlie est un dieu du sexe. N'importe quel homme – ou vampire – capable de me faire mouiller comme ça simplement en glissant un doigt entre mes jambes doit pouvoir me faire hurler de plaisir. Un seul contact avec Charlie vaut bien mieux qu'une nuit entière avec Wilson, mon ex fainéant qui ne tenait jamais plus de deux minutes.

Je me laisse tomber sur le ventre, une main entre mes jambes. Je presse les doigts contre mon sexe et tente de caresser mon clitoris comme l'a fait Charlie. Je fais danser le bout de mes doigts sur mes replis gonflés pour reproduire sa façon de faire. J'imagine que c'est lui qui me caresse, son érection pressée contre mes reins.

Je plaque la paume contre mon pubis et fais onduler mes doigts pour caresser mon clitoris tout en me pénétrant. Charlie ne demanderait pas la permission, il me cambrerait et se glisserait en moi. Il me prendrait par-derrière, s'enfoncerait profondément, me punirait avec son membre. Il me tiendrait fermement par les hanches et me donnerait des coups de reins sauvages, me dominerait jusqu'à ce que j'explose.

Et j'explose. Mon orgasme me raidit le corps alors que je presse mes cinq doigts contre mon sexe qui se contracte.

Charlie est-il en train de se masturber quelque part ? Il semblait tout aussi excité que moi, avant de partir. S'il est en train de toucher, est-ce en pensant à moi ?

Ou y a-t-il quelqu'un d'autre ?

harlie

Je me rue vers Congress Street. À Tucson, les bars ferment à deux heures du matin, alors tout est calme, même dans le centre-ville. Je suis sur le territoire de Lucius, et je devrais faire profil bas, mais je ne peux pas retourner voir Aurélia.

Mon sexe me lance, littéralement. Je donne un coup de pied dans un détritus qui se trouve sur mon chemin. Tout est ma faute. Même si ma petite fée m'avait laissé continuer, il n'y a pas de repos pour les braves. Pas de jouissance pour les carnivores. Pas de soulagement pour les enragés. Pas tant qu'Aurélia n'a pas brisé ce foutu sort. Quand ce sera fait, je la baiserai si fort qu'elle en claquera des dents.

Mais non.

J'ai cette maudite fée dans le sang, et même si j'ai envie d'elle, je refuse de la prendre contre son gré... même si j'étais capable de prendre mon pied. Je veux qu'Aurélia me désire. Non : je veux qu'elle ressente la même excitation bouillonnante que moi. Je veux qu'elle me supplie. Je veux sentir son poids sur mes genoux, entendre ses cris faire trembler les vitres. Je veux qu'elle hurle mon nom, qu'elle me lacère le dos avec ses ongles. Mais seulement si c'est ce qu'elle veut.

Je ne veux pas seulement gagner son obéissance, mais aussi sa soumission, son désir... son cœur.

Je m'arrête net sous le clair de lune. *Son cœur* ? Sérieux ? Quand me suis-je transformé en vampire cul-cul venu tout droit d'un film pour adolescentes ? L'amour, je m'en fous complètement. Ça ne m'a pas franchement réussi, la dernière fois. Chat ensorcelé craint l'eau froide. Si un sort vieux de cent ans ne suffit pas à me vacciner contre l'amour, je mérite de vivre cet enfer.

Je passe devant un restaurant ouvert toute la nuit plein de gens en train de dîner. Moi aussi, j'ai bien besoin d'un dîner... je ne me suis pas nourri depuis que j'ai trouvé Aurélia. Il ne serait pas très malin de le faire sur le territoire de Lucius, mais une petite gorgée d'une fille prise au hasard ne devrait pas trahir ma présence, si ? À l'idée de toucher à une autre humaine qu'Aurélia, cependant, mon estomac se serre. J'ai beau passer devant quelques morceaux appétissants, mes crocs restent endormis.

C'est stupide. Pourquoi agis-je comme un vampire accouplé qui refuse de se nourrir sur une autre femme que son amante ? Aurélia ne m'autorisera jamais à boire son sang. Je finis tout de même par regagner son appartement, et je me glisse à côté d'elle dans son lit, admirant l'éclat doré de sa peau sous la lumière artificielle. Je balaye les épais cheveux qui lui tombent sur le visage et examine sa silhouette endormie. Elle a un visage en forme de cœur, avec des pommettes hautes et un petit nez. Délicate, mais pas fragile. Belle, avec un côté sportif et plein de santé.

Elle fronce les sourcils, et ses jambes se contractent comme si elle était en train de courir. Elle pousse une petite plainte, et je suis incapable de résister plus longtemps. Je la prends dans mes bras sans réfléchir.

— Chut, ma belle, c'est juste un cauchemar, murmuré-je.

Elle remue et ses yeux s'ouvrent.

— Charlie, soupire-t-elle, à moitié endormie. Je suis contente que tu sois là. Tu es toujours présent quand j'ai besoin de toi.

Elle referme les paupières, et sa respiration se fait plus profonde.

C'était quoi, ça ? Inutile de lui poser la question. Je doute qu'elle se souvienne de ce qu'elle a dit demain matin. Elle a beau dormir paisiblement, à présent, je ne la lâche pas, réticent à l'idée de mettre de la distance entre nos corps. Sa chair moelleuse est blottie contre la mienne, et son odeur de champagne m'apaise. Sa présence me rend plus léger. Les fae sont des créatures hors du commun, mais c'est Aurélia qui me fait cet effet particulier.

Avec ma Fée Clochette dans les bras, je m'assoupis. Mais au lieu de rêver de ma douce mortelle, je me retrouve dans une sombre ruelle parisienne, en mission pour Anka.

Une odeur de sang émane de mes vêtements. Je viens de tuer un homme, de le vider de son sang, et à présent, je regagne le bordel de mon amante pour ma récompense.

Un instant, je suis dans une ruelle puante, le suivant, je me retrouve dans une chambre luxueuse et parfumée. Je porte toujours l'odeur du sang de l'homme... mais ça ne dérangera pas Anka. Elle adore la puanteur de la mort.

— Mon cher vampire, me dit-elle en me caressant le visage. Je peux toujours compter sur toi, hein ?

Elle défait les épingles de son chignon, et la masse sombre de ses cheveux épais cascade dans son dos. Elle laisse son peignoir glisser au sol, révélant son corps magnifique, seulement couvert d'un corset et de bas. Je pousse un

grognement et me laisse tomber à genoux devant elle, déta-
chant ses porte-jarretelles pour dérouler ses bas de soie. Elle
passe ses doigts dans mes cheveux et guide ma bouche
jusqu'à son sexe.

— *Il t'est réservé, me dit-elle.*

Même dans mon rêve, je sais qu'elle ment. Mais je fais
comme si de rien n'était.

Je la pousse à l'orgasme, puis je la soulève et me mets
debout, ma bouche toujours entre ses jambes. Je la porte
jusqu'au lit et l'y allonge, puis je libère mon érection et
plonge dans sa chaleur. Je la pénètre avec force alors que
mes crocs cherchent son cou.

— *Charlie, gémit-elle.*

Elle se tortille, déchaînée. Ses mains sont des griffes qui
me déchirent le corps.

— Charlie... Charlie ! *Char... lie !*

L'odeur dorée me gifle. J'ouvre les yeux et m'aperçois
qu'Aurélia se débat sous mon corps en hurlant de terreur. Mes
crocs sont contre son cou, et elle repousse mon visage du plat
de la main. Si elle ondule des hanches, ce n'est pas de désir,
mais de panique.

Je me redresse et me hisse sur les mains, clignant des
yeux pour reprendre mes esprits.

— Oh, Dieu merci ! s'exclame-t-elle, au bord des
larmes.

Elle repousse mes épaules pour essayer de s'éloigner
de moi.

J'ai une érection, mais je suis toujours habillé. Mes
hanches sont juste au-dessus des siennes. Je m'étais frotté à
elle et avais failli la mordre.

— Aurélia, balbutié-je en secouant la tête.

Bon sang. Je lui ai fait une peur bleue, juste après lui
avoir promis de ne jamais la mordre sans sa permission. Je ne

devrais pas dormir à côté d'une mortelle quand je meurs de soif.

— Qui est Anka ? me demande-t-elle.

Est-ce une pointe de jalousie que je détecte dans sa voix ? Cette idée me remonte le moral.

— C'est la sorcière qui m'a jeté un sort.

— Oh.

Elle me dévisage. J'aime être le sujet de ses regards attentifs, de ses yeux chocolat et or si pleins d'intelligence et de lumière.

— Je suis désolé de t'avoir fait peur, murmuré-je.

— Tu étais vraiment sur le point de me mordre, soupire-t-elle. Je n'arrivais pas à te réveiller. Et si tu m'avais vidée de mon sang avant de revenir à toi ?

— Je ne ferai jamais ça.

— Quoi ? Me mordre, ou me vider de mon sang ?

— Te vider de ton sang.

Ma tête me lance, même si tout le sang que j'ai dans les veines semble avoir été redirigé vers mon membre.

— Pour ce qui est de te mordre, reprends-je, je t'assure que ça te plairait.

Son odeur devient plus forte. Mes crocs deviennent assez tranchants pour me couper l'intérieur de la bouche. Incapable de me retenir, je me mets à onduler contre son entrejambe. Avant qu'elle puisse se débattre, je colle mon corps au sien, mes hanches contre les siennes. Je sens ses tétons durcir à travers son tee-shirt.

Ma bouche trouve son oreille.

— Ce n'est pas ma faute si je te trouve irrésistible dans mon sommeil. Tu es tellement... délicieuse.

Je passe la langue sur son lobe.

Elle lève le bassin pour aller à ma rencontre, et elle se met à haleter, alors même qu'elle tente de repousser mes épaules.

— J'ai juste envie de te goûter. Tu trouveras ça agréable, promis, dis-je en passant le bout des crocs sur sa peau.

— Non, répond-elle en me poussant plus fort, cette fois.

— Chut. Tu n'as rien à craindre, ma douce Aurélia. C'est comme une petite piqûre suivie d'une extase orgasmique. Je ne te prendrai pas trop de sang, et la blessure sera à peine visible. Elle guérira en quelques jours.

Elle se débat avec moins de férocité, mais elle refuse de me regarder et tourne la tête sur le côté.

— S'il te plaît, gémit-elle. Laisse-moi me relever, je t'en prie.

Une larme lui roule le long du nez.

Mon cœur figé se serre. Encore une surprise : sa détresse me perturbe. Je roule immédiatement sur le côté et l'aide à se lever, avant de la poser debout à côté du lit.

— Merci, marmonne-t-elle, les yeux baissés.

Elle tente visiblement de cacher ses larmes. Quand elle relève la tête, elle paraît si vulnérable que mon cœur se serre à nouveau.

— Je peux aller dehors, s'il te plaît ? me demande-t-elle.

J'aime bien qu'elle me demande les choses ainsi, comme si elle admettait enfin que c'était moi le chef. Je me lève du lit et prends son visage dans mes mains pour le lever vers le mien. Je change ma suggestion hypnotique, puis je sonde son esprit. Quand j'ai terminé, elle a l'autorisation d'ouvrir la porte en plein jour, mais seulement si elle est certaine que je ne risque rien.

Je romps la connexion à contrecœur. Elle vacille entre mes mains, et je passe les pouces sur ses pommettes.

— Tu as annulé tes consignes ?

Je hoche la tête et demande :

— Quelle heure est-il ?

— Sept heures moins le quart.

Presque l'aube.

— Rentre avant le crépuscule.

À ma grande surprise, elle se met sur la pointe des pieds et me donne un rapide baiser sur les lèvres.

— Merci, dit-elle.

Une fois Aurélia partie, je me remets au lit et me laisse emporter par la léthargie. L'oreiller a son odeur. Je sens toujours ses lèvres sur les miennes. Mes doigts se contractent, mais je refuse de toucher l'endroit qu'elle a embrassé.

~

Aurélia

J'ai sérieusement besoin de me masturber à nouveau. Pourquoi n'ai-je pas laissé le vampire me faire tout ce qu'il voulait ? Il m'a fait une peur bleue, mais sentir ses quatre-vingts kilos de muscles se frotter à moi m'a vite fait changer d'humeur. Et la façon dont il m'a murmuré à l'oreille...

Je vais sous la douche et pose le front contre les murs, mes doigts pressés contre mon sexe.

Mon ravisseur est une énigme. Et je crois que ça lui plaît. Il peut me faire tout ce qu'il veut. Il est capable de me maîtriser physiquement, de m'hypnotiser pour me soumettre, mais il ne l'a pas fait. À l'instant où il a vu mes larmes, il m'a lâchée.

Je ne sais même pas pourquoi j'ai pleuré. J'ai peut-être simplement craqué après avoir eu peur qu'il me vide de mon sang. Mais son explication était logique : son comportement n'avait pas été violent ou plein de colère. Il était sexuel. Alors il ne m'aurait sans doute pas tuée.

Saleté de vampires. Incompréhensibles. Il aurait dû me commander des bouquins sur son espèce, en plus des manuels de magie.

Je continue de me caresser le clitoris en pensant à sa bosse dure entre mes jambes, à ses crocs contre mon cou. J'en tire un court orgasme qui ne suffit pas à me satisfaire et je m'assois sur le rebord de la baignoire, étourdie par l'eau chaude et le sang qui part irriguer... d'autres parties de mon corps.

Cette fois, quand je pénètre dans ma chambre seulement vêtue d'une serviette, je ne suis pas intimidée. Charlie est retombé dans un sommeil profond, à en juger par sa respiration. Je le dévisage, et une impression de déjà-vu s'empare de moi, comme si je l'avais contemplé des centaines de fois dans mon lit. Comme si je le connaissais depuis une éternité, mais que je ne m'en souvenais que maintenant.

Bizarre.

Après m'être habillée et avoir englouti un petit-déjeuner, je me dirige vers la porte. Ma main hésite avant de toucher la poignée, mais aucune pensée ne me détourne de mon objectif. Charlie a soulevé la restriction.

Je prends un chapeau à larges bords et mes gants de jardinage. Je vérifie que la porte de la chambre est bien fermée, puis je regagne celle de l'entrée et l'entrouvre pour me faufiler dehors.

L'air a une odeur délicieuse. Je hume l'aube et profite de la sensation de paix que je ressens toujours quand je suis dans un environnement naturel. Même en hiver, j'ai besoin de l'odeur de la terre, des plantes sous mes doigts.

Mon oranger a des dizaines de fleurs parfumées, et mes choux sont bien touffus.

Au bout d'une heure ou deux, ma voisine, Karen, sort s'asseoir sur son porche et allume une cigarette. Nous passons souvent ce genre de moments ensemble, et sommes même devenues amies depuis son emménagement.

— Pourquoi t'as mis des planches aux fenêtres ? me demande-t-elle en soufflant une colonne de fumée bleu-gris.

— Ah. Euh... Je m'inquiétais un peu, niveau sécurité. Tu sais, vu que je suis au rez-de-chaussée et tout ça.

— Ouais, répond Karen. Il me semble que j'ai vu un mec traîner devant ta porte, mais maintenant, je ne m'en souviens plus très bien... T'as des problèmes avec quelqu'un ? Un ex, par exemple ?

— Oui, si on veut. J'imagine, dis-je en essayant de trouver une histoire à lui raconter.

— Qu'est-ce qui se passe ?

Je décide de partir sur les bases qu'elle m'a données :

— Euh, tu te souviens de Wilson, mon ex ?

— Ouais.

— Eh bien, il m'embête, ces derniers temps, et je n'ai pas envie qu'il se pointe ici...

Je m'interromps. Mon histoire ne tient pas debout.

— C'est pas lui qui avait rompu ?

Je souffle sur les mèches qui me tombent sur le visage.

— Non. Il me trompait. Ou plutôt... il refusait de s'engager. Il voulait une « relation libre ». Moi, ça ne me convenait pas.

J'aurais dû inventer autre chose. Je n'aime pas parler de Wilson. C'était un piètre petit ami, et à présent que je le compare au charisme de Charlie, il me semble complètement nul.

— Mais alors pourquoi tu crois qu'il risque d'entrer chez toi par effraction ?

Purée, je suis la pire menteuse de la terre. Heureusement que je ne suis pas espionne.

— Il a oublié sa... euh, sa lampe magma.

Karen écrase son mégot.

— Ah. OK, dit Karen de sa voix traînante, pas convaincue du tout. Je serai vigilante, et je te préviens si je le vois dans les parages, d'accord ?

— Il est furieux parce que je sors avec quelqu'un, lâché-je.

Karen hausse les sourcils.

— Ah bon ?

— Euh, oui. Il s'appelle Charlie. Tu l'as peut-être vu. Cheveux noirs, bien habillé.

Bien foutu. Longues canines. Super sexy. Je serre les cuisses et sens la bosse fantôme de son érection contre mon aine.

— C'est vrai ? Génial ! Passe me le présenter un de ces quatre, d'accord ? dit Karen en se levant.

Ouais, c'est ça.

Je jardine jusqu'à ce que mes bras me fassent mal et que mes idées deviennent plus claires. Je jette un œil à ma montre. Il est dix-sept heures. Je décide d'aller préparer un petit-déjeuner pour le dîner. Après avoir fini de cuisiner, je ressors jardiner un peu. Le crépuscule approche. Je m'époussette et me dirige vers la porte d'entrée, que j'hésite à ouvrir. Et s'il est déjà réveillé et assis dans la cuisine ? Il mourrait. Pas étonnant qu'il m'ait hypnotisée, hier, car sa vie était en jeu. Littéralement.

Je lève le poing et frappe à la porte, avant de presser l'oreille contre le panneau de moi pour voir s'il y a du mouvement à l'intérieur. Heureusement que Karen est rentrée chez elle, parce qu'elle me prendrait pour une folle.

— Attends, me lance Charlie.

J'ai bien fait de prendre des précautions.

— Compte jusqu'à dix et ouvre la porte, me dit-il.

Je suis ses instructions et ouvre la porte avec précautions, avant de la refermer et de la verrouiller derrière moi.

— C'est bon, annoncé-je.

La porte de ma chambre s'ouvre et... *bon sang*. Mon vampire est super sexy, seulement vêtu d'un jean, son torse nu sublime, ses cheveux toujours ébouriffés par le sommeil.

— Merci pour le petit-déjeuner, ma belle.

Il me prend par la nuque et m'embrasse le sommet du crâne en passant à côté de moi.

Je reste clouée au sol. Pourquoi fait-il battre mon cœur ainsi ?

— Tu as mangé lequel ? réussis-je à lui demander au bout de quelques instants.

— Les deux, répond-il avec le sourire en s'assoyant à table, face aux deux assiettes.

Il prend une bouchée de pancake et ajoute, la bouche pleine :

— J'adore cette crème fouettée.

Pendant une seconde, je l'imagine en train de me couvrir de crème, avant de la lécher. Mais non, son genre à lui, c'est plutôt les menottes et les fouets.

— Tu me mates, me dit-il avec son accent anglais sexy sans même tourner la tête vers moi.

— Quel est le programme du jour, Maître ?

Il me regarde, et ses lèvres s'étirent sur ses dents étincelantes.

— Tu m'acceptes enfin comme ton véritable Dieu.

Sans le vouloir, je me mets à sourire bêtement. Je me sens toute chose avec lui, depuis notre interlude de ce matin. La compassion dont il a fait preuve avec moi quand j'ai craqué et pleuré m'a prouvé que tout ça n'était pas un jeu pour lui. Il veut que je le débarrasse de son sort, mais il ne me fera pas de mal. Et il me désire. Maintenant que je sais qu'il ne me tuera pas, je le trouve irrésistible. Ce n'est pas mon genre, de perdre la tête pour un homme... en fait, ça ne m'est jamais arrivé. Mais lui... il me fait un effet indéniable, me liquéfie les entailles d'un simple haussement de sourcil. Je vais devoir faire des efforts pour résister à son charme, sans quoi je risque de me mettre à genoux devant lui sans un brin de fierté.

Dans ce but, je chiffonne une serviette en papier et la lui jette.

Il l'attrape sans peine, d'un geste si rapide que je ne le vois pas bouger.

— Ça me fait penser à autre chose... dit-il. J'ai besoin d'un environnement plus soigné.

Je regarde autour de moi. Mon appartement n'est pas sale, mais beaucoup d'objets en tout genre traînent sur les tables basses et les plans de travail.

— Je ne peux pas faire la cuisine, le ménage et étudier la magie. Tu pourrais essayer de te rendre utile, pendant que je dors.

Il me jette la serviette, qui m'atteint au visage. Quelqu'un sonne à la porte, et il se dématérialise. Cette fois, je vois le phénomène se dérouler. Il est comme pixélisé, séparé en millions d'atomes avant de disparaître. Il se reforme derrière la porte de ma chambre, qu'il ferme derrière lui.

Je vais ouvrir et me retrouve devant un paquet trop gros pour passer dans ma boîte aux lettres. Les livres ! Je ramasse le carton et ferme la porte.

— Sors de là, où que tu sois !

Charlie se matérialise juste derrière moi, une main sur mon sein, l'autre entre mes jambes. Il me serre contre lui alors que je crie et tente de bondir hors de sa portée.

— Ton paquet est arrivé ?

Je frissonne en sentant ses doigts contre mon point

sensible, et une vague de plaisir me fait trembler les cuisses. Mais je n'ai pas l'intention de lui montrer à quel point j'ai envie de lui.

— Lâche-moi, le vampire, protesté-je en me libérant.

Je recule d'un pas titubant, feignant l'indignation alors que mon sexe se contracte avec avidité.

～

Charlie

L'odeur de l'excitation d'Aurélia emplit la pièce. Elle a beau prétendre qu'elle n'en a pas envie, nous connaissons tous les deux la vérité.

J'adore la mettre dans tous ses états, voir ses joues s'empourprer, ses yeux jeter des éclairs. Elle est adorable.

Je choisis d'ignorer ses remontrances.

— Ouvre-le, dis-je en lui montrant le paquet du menton.

Elle semble soulagée de pouvoir changer de sujet, et elle ramasse le carton pour le porter à la cuisine, où elle l'ouvre avec un couteau.

— Une seconde... dit-elle en soulevant un sac plastique contenant un ensemble corset-culotte noir et des bas. Qu'est-ce que c'est que ça ?

Avec un sourire en coin, je réponds :

— J'ai un faible pour les sous-vêtements à l'ancienne.

Elle me jette un regard furieux.

— Alors j'espère que c'est toi qui comptes les mettre.

Je balaye longuement son corps menu des yeux.

— Ils sont pour moi, mais ce n'est pas moi qui les porterai. Mais ne t'inquiète pas... je ne te forcerai pas à les porter, lui promets-je d'un ton velouté. Tu les enfileras de toi-même parce que tu auras envie de me faire plaisir.

Elle me les jette à la figure.

— T'as qu'à croire, oui !

J'attrape le paquet et en sors le corset, avant de le tendre en direction d'Aurélia d'un œil critique.

— Arrête, dit-elle.

J'adore la voir rougir. Je me rue derrière elle et lui effleure l'épaule du bout des doigts.

— Allez, Fée Clochette, tu sais que tu veux les essayer.

Des vagues de chaleur émanent d'elle, une sensation enivrante sur ma peau fraîche. Mes crocs s'allongent, et je suis obligé de fermer les yeux pour essayer de penser à autre chose qu'à l'attacher et la faire jouir jusqu'à ce qu'elle pleure.

Au lieu de s'éloigner, elle se tourne vers moi et se rapproche, comme aimantée par mon corps. Elle lève le menton. Je sais ce qu'elle veut. Je lui passe une main derrière la tête et l'embrasse, mes lèvres sur les siennes, ma langue dans sa bouche.

Je me retiens de gémir son nom alors que sa saveur, son corps sensuel font monter le désir en moi. J'attrape le bas de son tee-shirt et le soulève lentement.

Pendant quelques instants, elle me laisse faire, avant de reprendre ses esprits et de reculer.

— Arrête, dit-elle d'une voix essoufflée. Je... je ne suis pas prête.

Je ne lui rappelle pas que j'ai déjà vu ses seins magnifiques la veille. Elle a raison de m'interrompre. Que suis-je en train de faire ? Crois-je vraiment pouvoir soulager mon désir inextinguible en m'envoyant en l'air avec elle ? Cela ne ferait qu'empirer les choses, et en plus d'être assoiffé, je me sentirais encore plus en manque, ce qui aurait pour résultat de me rendre très grognon. En plus, nous avons du travail.

Je la soulève par la taille et l'assois sur une chaise de la cuisine, avant de poser le carton devant elle.

— Allez, étudie la magie, petite fée.

Elle regarde au fond du paquet et en sort un martinet en daim, qu'elle regarde d'un œil sceptique.

— Ah, oui. Ça, c'est pour moi. À utiliser sur toi, bien sûr.

Elle le brandit pour me le jeter, mais elle semble se raviser, peut-être de peur que je la punisse avec. Elle range le martinet dans le carton et change de sujet.

— Par quel livre je devrais commencer ?

Je hausse les épaules.

— C'est toi la fée. Fais-le venir à toi.

Elle reste bouche bée.

— Et comment est-ce que je suis censée faire ça ?

Je ne lui réponds pas, mais la regarde fixement, comme pour la mettre au défi de tenter le coup. J'ignore comment les fées et les sorcières accomplissent leurs exploits, mais j'ai passé assez de temps avec Anka pour savoir que c'était ce qu'elle aurait fait.

Aurélia tourne lentement les yeux vers le carton et regarde à l'intérieur. Une lueur apparaît autour de l'un des livres.

— Voilà ! Tu vois ? dis-je en souriant.

Elle tourne brusquement la tête vers moi d'un air perdu. Elle regarde de nouveau dans la boîte. Je vois toujours la lueur autour du livre.

— Tu ne vois vraiment rien ?

Mon statut d'immortel me permet de voir des choses invisibles pour les êtres humains, comme sa bulle de protection.

Au bout d'un long moment, elle prend le livre qui émet la lueur et le soulève.

— Celui-ci ? demande-t-elle d'un ton dubitatif.

Mon sourire est si large que mes joues s'étirent, et une bouffée de... quoi, de joie ? me parcourt.

— Bravo, petite fée. Tu es maligne. Je savais bien que tu apprendrais vite.

J'adore son air émerveillé. Elle ne se rend vraiment pas compte de l'intensité de ses pouvoirs.

— Lis ton livre pendant que je fais un peu de rangement, dis-je avec magnanimité.

Quand elle écarquille les yeux, j'ajoute :

— Seulement cette fois. À l'avenir, je m'attendrai à ce que tu gardes un appartement plus soigné.

Je lui lance un clin d'œil, car pour être honnête, ce rôle de maître vampire est un jeu, pour moi. Je me fiche complètement qu'elle range son appartement ou pas.

Elle me fait un doigt d'honneur et se concentre de nouveau sur le livre, qu'elle ouvre avec curiosité.

Je mets de l'ordre dans son bazar, puis je commence à préparer le dîner. J'ai beau lui avoir ordonné de faire à manger, j'aime cuisiner. Certains vampires choisissent de ne pas manger du tout, préférant se contenter de boire du sang. Mais j'adore la nourriture, et mes années passées en France ont éduqué mon palais.

J'ai rencontré Anka à Paris, où elle était à la tête d'une maison close. La tenancière aux cheveux de jais avait l'air aussi immortelle que moi, ses pouvoirs lui accordant l'apparence d'une éternelle jeunesse. Sa peau olivâtre était parfaite, et ses yeux noirs en amande étaient ourlés de cils épais et recourbés.

Son père était un aristocrate français, mais il l'avait eue avec sa maîtresse, une ancienne prostituée qui avait transmis à sa fille sa maîtrise de la guérison et des arts divinatoires. Quand Anka avait quatorze ans, son père était mort, emportant avec lui leur unique source de revenus. Anka s'était rendue à Paris pour gagner sa vie, d'abord comme prostituée, puis comme propriétaire de l'un des bordels les plus cotés de la ville.

Penser à elle ne me cause plus autant de colère, désormais. J'ai presque pitié d'elle. Seule, sans personne pour l'aider, elle devait se servir de toute sa magie, de toutes ses capacités de manipulatrice pour avancer. Si elle s'est servie de moi, c'était par habitude. Le fait qu'elle m'ait jeté un sort prouve que j'ai compté pour elle. Sinon, elle m'aurait laissé partir, quand je l'ai enfin quittée.

J'ouvre le réfrigérateur et sors des steaks, que je fais mariner. Je sors également des pommes de terre que je mets à bouillir avec du lait et de l'ail écrasé. J'ai une envie de gratin dauphinois.

Ces deux derniers jours, je pense beaucoup plus à Anka que d'habitude. La perspective de pouvoir me débarrasser de son sort fait remonter mes souvenirs d'elle à la surface.

Alors que je cuisine, je surprends les regards discrets que me jette Aurélia. Elle semble posséder une intelligence mystique, comme si elle était capable de voir au-delà de mon existence égocentrique de vampire, jusqu'à mon cœur noirci, qu'elle soupèse afin de déterminer si je suis capable de rédemption. Il semble avoir une vieille âme. Une vraie descendante des Fae.

Je dois bien admettre que des parties de moi que j'avais crues mortes reviennent à la vie, depuis deux jours. Quelque chose chez cette mortelle apaise mon esprit, me donne l'impression d'être de nouveau humain.

Son téléphone sonne, et elle répond.

— Salut, Gwen, ça va ?

Elle me regarde et ajoute :

— Ce soir ? Je ne peux pas...

Elle fait tourner une mèche de cheveux autour de son

doigt, puis me jette un nouveau coup d'œil avant d'aller dans sa chambre.

— J'ai rencontré un mec, souffle-t-elle.

Je souris. Ma petite fée ignore que les vampires ont l'ouïe surdéveloppée. Et c'est tant mieux, car je n'ai pas envie de perdre une miette de cette conversation.

— Oui, eh bien... je l'ai rencontré au travail, d'une certaine façon. Et on... passe beaucoup de temps ensemble depuis deux jours... Charlie. Oui. Je ne sais pas.

Elle a le même ton mystérieux que les adolescentes emploient quand elles se racontent des secrets.

Je fonds. J'adore l'entendre parler de moi comme d'un amant potentiel. Sa jeunesse et son innocence sont évidentes alors qu'elle parle au téléphone, et cela éveille mon instinct protecteur. Je n'ai pas l'intention d'avoir une relation avec Aurélia, mais le fait qu'elle puisse en avoir envie change les choses.

Je suis en train de préparer les steaks quand Aurélia sort de la chambre.

— Si tu étudies sérieusement, je te laisserai peut-être sortir avec tes amis.

— Tais-toi, le vampire, me dit-elle, mais avec un sourire taquin.

— Tu comptes me les présenter ?

— Ça dépend.

— De quoi ?

— De la raison pour laquelle tu veux les rencontrer.

— Pour les kidnapper et les garder comme fournisseurs de sang jusqu'à ce que tu me libères de mon sort.

Elle lâche un petit rire, avant de me jeter un regard pour s'assurer que je suis effectivement en train de plaisanter.

— Je rigole, dis-je. Ça, je ne le ferai que si tu n'as pas brisé le sort d'ici mardi.

— La pression, ça ne m'aide pas à assurer.

— Je ne te crois pas.

Je passe les pommes de terre à la poêle. Aurélia se place derrière moi, et je me mets à désirer qu'elle me touche d'elle-même. Au lieu de cela, elle demande :

— Je peux t'aider ?

— Tu peux préparer une salade.

Je la laisse passer, et elle sort les ingrédients nécessaires du frigo.

— Alors, comment es-tu devenu un vampire ? s'enquiert-elle en commençant à hacher des légumes.

Je croise les bras sur ma poitrine, adossé aux placards alors que je la regarde cuisiner.

— J'étais cocher et valet chez le duc de Lynton. Sa femme, la duchesse, aimait bien qu'on la penche contre le poteau d'attache et qu'on la prenne sauvagement par-derrière.

Aurélia s'interrompt pour me dévisager, mi-fascinée, mi-horrifiée.

— Par toi, tu veux dire ?

— Oui, même si j'imagine que je n'étais pas le premier valet qu'elle détournait de ses fonctions. Le soir où j'ai été transformé, je venais de la conduire à Londres, et je venais de lui soulever sa robe pour la prendre dans l'écurie quand le duc nous a surpris et m'a tiré dessus.

Aurélia écarquille les yeux, son couteau suspendu en l'air.

— J'ai réussi à tituber dans les rues de Londres. Il m'a laissé partir. Il devait se dire que je n'irais pas bien loin, mais j'ai parcouru plusieurs pâtés de maisons avant de m'effondrer. C'est là qu'une belle femme m'a soulevé comme si je ne pesais rien et m'a porté jusqu'à son appartement. Elle m'a demandé de choisir entre la mort et la vie éternelle. J'ai choisi la vie éternelle.

Je lui adressai un clin d'œil.

— C'est la vérité ?

— Oui.

— Dis-m'en plus sur les légendes. Est-ce que l'ail vous repousse ?

— Non. Mais ça donne un goût exécrable au sang, alors cette histoire a un fondement.

— Et la seule chose capable de vous tuer, c'est un pieu dans le cœur ?

— Pas exactement. On guérit vite, alors on survit à la plupart des blessures, mais la décapitation, ou toute autre blessure qui nous vide de notre sang avant de pouvoir nous régénérer cause notre mort. Le soleil aussi, bien entendu.

— Et les balles d'argent ? Ah non, ça, c'est contre les loups-garous, hein ?

J'éclate de rire.

— L'argent est mauvais pour nous aussi. Il nous prive de notre force et nous brûle la peau. Ce n'est pas fatal, mais ce n'est pas non plus un élément qui nous est favorable.

Aurélia se remet à hacher son céleri, mais ses yeux restent braqués sur moi, brillants de curiosité.

— Aïe, s'écrie-t-elle avant de fourrer son pouce dans sa bouche.

L'odeur de son sang atteint mon cerveau assoiffé. Sans réfléchir, je me jette sur elle et suce son pouce ensanglanté avec force.

∿

Aurélia

J'arrache ma main de sa bouche, terrifiée. Il s'est de

nouveau déplacé à la vitesse de la lumière, apparaissant devant moi avec les crocs sortis et une expression affamée. Cette fois, ce n'est pas le désir qui se lit sur ses traits. Il ressemble à un drogué en manque.

Sans réfléchir, je lui donne la plus grosse gifle possible.

La surprise s'empare de ses traits.

— Désolée ! m'écrié-je.

Je suis choquée par mon propre geste. Je crains sa réaction.

Puis je me souviens que sa salive referme les blessures ; il essayait sans doute simplement de m'aider, et j'ai encore réagi de manière disproportionnée. Je n'aurais pas dû le frapper. C'était bête de ma part. Gifler un vampire ? Non, mais franchement ! Je remercie le ciel que mon vampire préfère les fessées aux véritables démonstrations de violence, quand il me punit.

Comme s'il lisait dans mes pensées, Charlie fait claquer sa langue.

— Vilaine petite mortelle. Ne lève plus jamais la main sur ton maître.

Il me fait lentement reculer jusqu'à ce que mes fesses cognent contre la table de la cuisine, puis il me fait pivoter et me penche dessus. Il me donne une tape sur chaque fesse, puis ouvre le bouton de mon short et me le baisse en même temps que ma culotte.

Il glisse les pouces entre mes jambes pour les écarter, exposant mon sexe. Il hume profondément, comme pour s'emplir de mon odeur.

— J'en connais une qui est excitée, constate-t-il.

— Non, pas du tout, réponds-je, trop vite pour être convaincante.

Il couvre la main que j'ai posée sur la table avec la sienne et la fait glisser jusqu'à mon entrejambe. Il pousse mes doigts et les siens contre ma fente, caressant mes replis mouillés.

— Laisse tes doigts là, me souffle-t-il à l'oreille.

Je suis toute mouillée, gonflée de désir. Chaque caresse de mes doigts m'envoie des ondes de plaisir à travers tout le corps.

Il enlève sa propre main, qui me manque immédiatement. Me doigter est beaucoup moins drôle, sans sa main pour guider mes mouvements. Il abat la main sur l'une de mes fesses, puis l'autre. Je prends une respiration tremblante, étourdie. Charlie se remet à me fesser, mais plus lentement. À la claque suivante, j'enfonce les doigts en moi. C'est un geste presque involontaire, comme si mes doigts savaient que leur place était là. Charlie me donne une autre tape, et je répète mon geste, de plus en plus excitée à chaque claque alors que le plaisir s'empare de moi, plus fort que la douleur de sa fessée.

— Je ne m'arrêterai que quand tu jouiras, m'informe-t-il.

Je gémis, les jambes en coton.

Il passe la main gauche autour de ma hanche et joint ses doigts aux miens, sans cesser d'abattre son autre paume sur mes fesses.

— Et ne t'avise pas de simuler, parce que je sens tes muscles.

Il n'a pas de souci à se faire, car je suis à deux doigts de l'orgasme. Mais il se met à frapper plus fort, ce qui me fait assez mal pour me faire oublier mon plaisir. Je me mords la lèvre. Arriverai-je à jouir, avec une douleur pareille ?

J'arrête mes caresses, mais il insiste, pinçant mon clitoris avant d'enfoncer les doigts dans mon fourreau trempé, m'étirant au passage.

— Oh la vache, murmuré-je.

J'ai besoin de jouir. *Désespérément.*

Je gémis de désir. Ses doigts en moi ne me suffisent plus. Charlie le remarque sans doute, car il se met à aller et venir en moi avec plusieurs doigts, peut-être même les cinq réunis, caressant mon clitoris du plat de la main à chaque passage tandis que sa paume continue de s'abattre avec force.

— Oh... Seigneur. Oh, Charlie, oh, s'il te plaît... oui, oui, oui.

Je suis incohérente, presque en sanglots.

Mon corps se tend, et mon vagin se contracte dans le meilleur orgasme que j'aie jamais connu.

— Oooh... oh !

Je plante mes ongles dans le bras de Charlie, gardant ses doigts en moi alors que je me contracte dessus.

— Oh, mon Dieu, gémis-je. Oh, oui.

Quand je termine, je m'effondre sur la table, le corps tout mou.

En un instant, Charlie me prend dans ses bras et me porte jusqu'au canapé, où il m'allonge sur ses genoux. Avec un bras derrière mon dos, il me penche en arrière et soulève mon tee-shirt avec ses dents pour dévoiler ma poitrine.

Même complètement épuisé, mon sexe se contracte d'impatience. Charlie donne une pichenette à l'un de mes tétons, et la douleur envoie de nouveaux signaux de désir droit vers mon centre brûlant. J'ai toujours mon short et ma culotte aux chevilles, et il me les enlève, avant de les jeter par terre. Une partie de mon cerveau a beau réaliser que je suis vulnérable, complètement nue et ouverte à lui alors qu'il est tout habillé et maître de lui-même, je me sens plus sexy et désirable que jamais. Son regard de prédateur me prouve à quel point il me trouve attirante, et il y a quelque chose de possessif dans sa façon de me tenir, d'admirer mon corps.

Tu es mienne. J'ai comme l'impression d'avoir entendu cette phrase émaner de lui. Je sursaute en réalisant que je viens de lire dans les pensées de quelqu'un pour la première fois. Est-ce de la télépathie ? J'oublie cette idée quand il me lève un genou pour exposer mon sexe. Trop détendue, trop épuisée après mon orgasme, je ne suis pas prête à recommencer, mais il glisse la main entre mes cuisses jusqu'à atteindre mon entrée. Il y insère deux doigts pour trouver ce qui doit être mon point G.

Je sursaute encore face à l'intensité de cette sensation.

— Non, gémis-je.

Il hausse un sourcil en commençant des va-et-vient, caressant le point sensible à chaque passage.

— Non ?

— Je ne peux pas jouir à nouveau. C'est trop tôt. S'il te plaît...

— Tu en es parfaitement capable, tu vas voir. Tu as besoin d'une autre fessée ?

— Non.

Je me cambre contre sa main, la tête renversée en arrière, les genoux écartés pour lui ouvrir le passage. C'est déjà trop fort... je crains d'exploser sous l'effet des sensations qu'il provoque en moi.

J'agite les mains, et l'une d'entre elles le frappe au visage.

— Tiens-toi les fesses, m'ordonne-t-il. Serre-les fort pour te souvenir de la fessée que tu subiras si tu ne jouis pas.

Je pose les mains sur mes fesses toujours brûlantes.

— C'est bien, dit-il sans cesser de me caresser impitoyablement. Lève les fesses pour moi, Aurélia. Montre-moi ta chatte.

Je soulève le bassin, me cambrant davantage, livrant la partie la plus sensible de mon anatomie à ses explorations.

— Je veux te regarder jouir. Je veux voir ton visage, cette fois.

Ses mots me font craquer. Savoir qu'il veut me regarder, que mon plaisir lui importe à ce point me fait tomber du précipice, et je tends les jambes en levant les hanches. Je laisse échapper un liquide, et je comprends que je viens d'atteindre la fameuse éjaculation féminine.

— C'est bien, ma belle, me félicite Charlie en ralentissant ses caresses pendant que je me contracte sur ses doigts.

— Charlie, dis-je d'une voix étranglée.

J'ai le tournis, comme si j'avais trop bu, et je perds la notion du temps, même s'il ne s'écoule sans doute que quelques secondes. Charlie ôte ses doigts et en lèche un.

— Tu as bon goût, dit-il.

— Qu'est-ce que tu me fais ? demandé-je d'une voix rauque en levant la tête pour le regarder.

— Je ne sais pas.

Je réalise avec étonnement qu'il est parfaitement honnête.

Il me soulève le ventre et dépose un baiser dessus, puis il me prend dans ses bras et me caresse les cheveux avec une tendresse inédite.

Désireuse de lui rendre la pareille, je descends de ses genoux et m'agenouille à ses pieds pour poser une main sur sa bosse dure comme du bois tandis que de l'autre, je tente de déboutonner son jean.

— *Non,* dit-il en me prenant la main.

Je croise son regard, surprise.

Toute trace d'affection a quitté son visage, remplacée par son masque de supériorité.

— Ne touche jamais ma queue sans permission.

Non, mais franchement !

Je m'assois, agacée. D'accord, il veut jouer au jeu de la soumission avec moi. Je lève les yeux au ciel, mais je demande :

— Maître, puis-je vous sucer ?

— Non, répond-il, le visage fermé.

Il se lève et s'éloigne.

— Je vais prendre une douche, annonce-t-il. Toi, finis de préparer la salade.

Je regarde le canapé qu'il vient de quitter, sous le choc.

Aïe.

C'était quoi, ça ?

harlie

Le lendemain soir, je regarde avec fascination Aurélia étirer et faire grandir une boule de lumière entre ses paumes. Elle tremblote et clignote parfois, ou grandit en perdant sa densité. La petite fée a appris à canaliser son pouvoir. Nous sommes assis dans le salon après avoir mangé les coquilles Saint-Jacques et le riz noir que j'ai cuisinés avant qu'elle rentre du travail.

Après mon refus qu'elle me fasse une fellation la veille, elle s'était montrée froide durant tout le dîner, comme si je l'avais vexée. J'avais ressassé cela toute la soirée, avant de me rendre à l'Éclipse quand elle était allée se coucher à minuit.

Pourquoi le fait de recevoir sans pouvoir donner l'ennuyait-il ? N'était-ce pas le rêve de toutes les femmes ? Anka s'en serait réjouie. Mais il ne valait mieux pas comparer les autres femmes à Anka. Elle était encore plus égoïste que les vampires.

Comme si Aurélia lisait dans mes pensées – développait-elle son intuition ? –, elle me regarde et me demande :

— Pourquoi avoir refusé que je te suce, hier ?

Je l'ai blessée. Ça devrait m'être égal. Le fait que cela m'ennuie me prouve qu'il faut que je mette fin à ce qu'il y a entre nous. Alors j'enfonce le clou.

— Parce que tu n'es pas encore assez douée pour me satisfaire.

Une expression heurtée apparaît fugacement sur son visage, et elle me jette sa boule lumineuse à la figure, trop vite pour mes sens de vampire. Elle m'atteint à la joue et me cause une douleur cuisante.

Je bondis sur mes pieds. Vu l'intensité de la brûlure, elle aurait tout aussi bien pu me jeter le soleil au visage. Une onde de choc me traverse le corps. Je sors les crocs et mon champ de vision s'étrécit alors que je me jette sur elle pour la plaquer au sol, mes canines prêtes à lui arracher la gorge.

Elle pousse un hurlement à glacer le sang et me roue la tête de coups de poing. Je lutte pour reprendre le contrôle, pour résister à l'envie obsédante de la mordre pour la boire tout entière. Je reste couché sur elle alors qu'elle continue à crier. Je finis par y voir plus clair, et l'animal en moi recule jusqu'à ce que je reprenne conscience de mon environnement.

Je m'efforce de me détendre, et j'adresse un sourire à ma petite mortelle en colère, comme si je n'avais jamais perdu le contrôle. L'odeur de sa rage me donne la chair de poule. Elle est vraiment furieuse.

Je couvre son corps tout entier avec le mien. Je prends conscience de ses courbes qui se tortillent contre ma chair, et j'entre en érection. Je me frotte entre ses jambes, contre son clitoris.

— Et c'est reparti, petite fée.

— Lâche-moi, m'ordonne-t-elle en se débattant.

Je sens son cœur battre contre le mien, figé. L'émotion a un effet aphrodisiaque sur les vampires, et maintenant que j'ai repris mes esprits, l'odeur de sa colère amplifie mon désir.

Je lui saisis les poignets pour mettre un terme à ses coups de poing, et je les coince au-dessus de sa tête.

— Tu mérites une grosse punition, Aurélia. Je t'interdis de te servir de ta magie contre moi.

Cette fois, je la vois venir, mais je suis de nouveau incapable de m'écarter à temps. La boule de lumière sort de nulle part et me fonce droit dans la bouche.

Je m'étouffe et lâche Aurélia à cause de la douleur, de la brûlure terrible dans ma gorge. Je me mets maladroitement à genoux et tousse jusqu'à recracher la boule. Je prends une inspiration haletante, tousse encore et crache du sang. Je suis furieux, traversé par une colère accumulée après les siècles de frustration sexuelle que m'a infligés Anka. Mais Aurélia ne sait même pas ce qu'elle fait.

Je reprends mon souffle pour me calmer et je rétracte mes crocs.

Aurélia regarde le sang sur le sol avec une expression horrifiée, une main plaquée sur la bouche.

— Je... je...

Pauvre petite mortelle. Son pouvoir la dépasse. Mais elle n'échappera pas pour autant à sa punition.

Et je me délecterai de chaque seconde.

Je me tourne vers elle et déchire son tee-shirt. Elle pousse un cri aigu et me regarde avec de grands yeux, mi-inquiète, mi-excitée.

— Qu'est-ce que... qu'est-ce que tu fais ? bafouille-t-elle.

Je déchire son soutien-gorge d'un coup de croc et l'oblige à se mettre debout.

Elle se couvre les seins avec son avant-bras, les joues rouges, la respiration saccadée.

— Qu'est-ce que tu fais ? répète-t-elle dans un murmure.

Je lui déboutonne son short.

— Je te punis, réponds-je.

Ma voix est rauque à cause de ce qu'elle a infligé à ma gorge. Quand je baisse son short et sa culotte, je m'attends à ce qu'elle résiste, mais elle reste immobile, sous le choc.

— Je t'ai vraiment fait mal, hein ? chuchote-t-elle.

Je ne réponds pas, mais quand j'enlève ma ceinture, elle se met à reculer à toute vitesse et se crée une bulle de protection.

— Ouah, ouah, calme-toi, bredouille-t-elle.

— C'est pour tes poignets, lui dis-je. Fais disparaître ta bulle et tends les mains.

Elle reste plantée là à me regarder d'un air hébété. Ses yeux se posent sur ma pommette, que sa boule de lumière a frappée. Elle a dû y laisser une vilaine marque, peut-être même des cloques.

La bulle clignote, puis se dissout. Ma petite mortelle a une conscience. Je ne pourrais pas en dire autant d'Anka.

— Merci. Maintenant, tends les poignets.

Elle me jette un regard incertain.

J'attends. C'est à elle de choisir de se rendre.

Elle déglutit et me donne ses mains, les yeux baissés en signe de soumission.

Mon érection se renforce. Ma fae captive est nue et à ma merci. Je lui passe la ceinture autour des poignets et la traîne jusqu'à l'entrée de sa chambre. Je fais passer le bout de ma ceinture au-dessus de la porte, tire dessus jusqu'à ce qu'Aurélia se retrouve sur la pointe des pieds, puis je referme la porte afin de coincer la ceinture.

— Tu as l'interdiction de porter des vêtements tant que tu ne m'auras pas montré un peu de respect.

Elle se tortille et pèse de tout son poids sur la ceinture dans l'espoir de se libérer.

— Arrête ça, tu risques de te faire mal, lui ordonné-je.

Je fouille dans le carton et en sors mon martinet.

Elle me regarde d'un air nerveux et éloigne ses fesses de moi lorsque j'approche.

J'ai déjà testé le martinet sur ma propre cuisse. Il cause une légère douleur sans faire trop de dégâts.

— Tourne-toi, dis-je.

Elle serre les mâchoires, et n'obéit pas immédiatement. Très bien. Je vais lui apprendre à s'exécuter sur-le-champ ou à en subir les conséquences.

D'un geste du poignet, j'abats les lanières. Elles pleuvent sur sa peau dorée.

Aurélia pousse un petit cri et sursaute, surprise, avant de tourner la tête.

Je lui fouette le derrière en faisant un huit avec mon poignet. Les lanières punissent une fesse, puis l'autre. J'adore entendre le daim claquer sur sa peau, voir sa chair frémir sous chaque coup. Je la fouette jusqu'à ce qu'elle ait les fesses roses, puis je passe à l'arrière de ses cuisses. Quand je me concentre sur son entrejambe, elle crie et croise les chevilles, tournant au bout de la ceinture.

— Pas sage du tout, la réprimandé-je. Tu n'as pas le droit de te soustraire à moi quand je te punis. Je vais t'aider à t'en souvenir.

J'approche la poignée du martinet de sa bouche.

— Ouvre, dis-je.

Elle me jette un regard noir, mais ouvre la bouche et me laisse placer la poignée entre ses dents.

— Tiens ça.

Elle m'obéit. Je caresse l'un de ses tétons du bout de l'index.

— C'est bien, la félicité-je.

Je me rends dans la cuisine pour chercher une racine de gingembre et un couteau. J'en épluche une longue section, fine comme un doigt avec une base évasée. Je reviens dans la chambre et montre ma trouvaille à Aurélia. Elle plisse les yeux, déroutée, le martinet toujours sagement coincé entre ses dents.

— Qu'est que c'est ? tente-t-elle de demander.

Je me place derrière ma petite mortelle.

— Cambre-toi.

Elle hésite un instant, mais pour mon plus grand plaisir, elle me tend les fesses.

Je les écarte. Aurélia crie et tente de s'échapper, mais je lui donne une bonne tape.

— Ne bouge pas, ou ta punition sera bien pire.

Elle gémit, mais cesse de bouger. Ses jambes sont tremblantes alors que je lui écarte de nouveau les fesses. Je pose le bout du gingembre contre son anus, et elle sursaute de nouveau, serrant les fesses pour se prémunir de l'intrusion. Je lui donne une nouvelle tape et ordonne d'une voix rauque :

— Ouvre-toi.

Mon membre me lance.

Enfin, Aurélia s'immobilise et gémit alors que j'insère la racine tortueuse. Je continue de l'insérer malgré ses cris. Il faudra quelques minutes pour que la chaleur se répande dans toute sa zone pelvienne. Je la contourne pour récupérer mon martinet.

— Merci, dis-je.

Ses yeux implorent ma compassion, mais j'y lis également de l'inquiétude alors qu'elle tourne le regard vers la brûlure entre ses fesses, puis vers mon sourire en coin.

— Tu saignes ? me demande-t-elle d'une petite voix.

Je m'essuie la bouche et découvre qu'il me reste un peu de sang après ma quinte de toux. Je secoue la tête. Montrer mes faiblesses, ce n'est pas mon truc, même si cela m'a fait gagner son remords.

— Ce n'est rien, promets-je.

J'ouvre la porte et lui baisse légèrement les poignets.

— Écarte bien les jambes.

Elle obéit, les yeux toujours écarquillés. Son côté rebelle me manque presque. Presque. Mais la Aurélia soumise est à croquer. Je me place derrière elle et je la lèche, du creux des reins jusqu'à la veine de son cou. Ma langue s'attarde sur sa peau lisse. Sa saveur est enivrante.

Elle se met à agiter les fesses, et sa poitrine se soulève de plus en plus vite.

— Oh... euh... ah.

— La brûlure commence à monter ? Petite fée ?

Elle se mord la lèvre.

— Aïe. Oh. Enlève-moi ça, Charlie, dit-elle en ondulant des hanches. S'il te plaît ?

— Garde les jambes écartées, ordonné-je en lui donnant un coup de martinet entre les cuisses pour punir sa petite chatte.

— Aïe !

Elle sursaute, mais reste en position.

Je frappe encore et encore, avec douceur, changeant d'intensité en fonction des sons qu'elle émet jusqu'à ce qu'elle gémisse, haletante. Je vais me placer devant elle et continue mon assaut sur son sexe, avec quelques coups sur ses seins pour alterner.

— Oh, mon Dieu, je n'en peux plus. Oh, Charlie, enlève-moi ça, oh... oh...

Si sa voix n'était pas pleine d'excitation, je l'aurais peut-être cru.

Mais elle se trompe. Elle peut encore tenir. Largement. Et je m'apprête à lui montrer à quel point, quand quelqu'un tambourine à la porte.

CHAPITRE 10

A urélia

— Aurélia ? lance une voix étouffée.

C'est Wilson, mon ex. *Crotte.*

— Aurélia ? répète Wilson d'une voix forte en frappant de plus belle.

Avant que je trouve quoi répondre, j'entends une clé tourner dans la serrure, et Wilson entre dans l'appartement.

— C'est quoi ce bordel ? s'exclame-t-il en me voyant dans cette position.

Nom d'un chien ! Je suis nue, les poignets liés par une ceinture en cuir, les jambes écartées, avec un vampire aux crocs sortis debout devant moi. Charlie semble furieux de cette intrusion. Et pour couronner le tout, le gingembre que j'ai entre les fesses commence à me brûler. Je suis trempée, mais je passe d'une jambe à l'autre, mal à l'aise.

Avant de pouvoir dire quoi que ce soit, je vois une tache floue passer devant moi. Dans un mouvement trop rapide pour mes yeux, Charlie plaque Wilson contre le mur. Le vampire tient mon ex par la gorge et le soulève du sol.

— Charlie, arrête ! m'écrié-je.

Charlie tourne brusquement la tête vers moi. Il me regarde par-dessus son épaule, ses canines aiguisées et allongées, ses yeux rougeoyants d'une lueur inquiétante...

— C'est qui ? demande-t-il les dents serrées.

Je me tortille, tentant d'atteindre la poignée pour me libérer. Mes efforts sont vains. Je suis complètement coincée.

— Wilson. C'est un ami.

— Un *ami* ? tonne Charlie en relâchant Wilson avant de le plaquer à nouveau violemment contre le mur.

Mon ex n'est pas un poids plume, il fait un mètre soixante-quinze et plus de quatre-vingt-dix kilos, mais le vampire le manipule comme une poupée de chiffon.

Que se passe-t-il ? Charlie semble comme possédé. Il a les yeux rouges. Sa réaction est-elle due à la jalousie ? Se sent-il menacé ?

Saleté de Wilson. Il a vraiment choisi le pire moment pour faire son grand retour. Et pour se servir de sa clé... celle que je lui avais demandé de me rendre.

Dans la poigne de Charlie, mon ex halète, tentant de respirer.

— C'est juste un ami, répété-je. Un ex. Il a toujours une clé, mais il ne devrait pas. Tu devrais la lui prendre.

Charlie se tourne de nouveau vers Wilson, dont le visage a pris une teinte rouge inquiétante. Je suis sûr que le vampire n'hésitera pas à le tuer, si l'envie lui prend.

— S'il te plaît, Charlie. S'il te plaît, relâche-le. Il est inoffensif, je te le promets. Je t'en prie, ne lui fais pas de mal.

Le vampire plisse les yeux et alterne les regards entre sa proie et moi.

— S'il te plaît, ne le tue pas. S'il te plaît, Charlie.

Depuis combien de temps Wilson ne respire-t-il plus ? Je

suis convaincue que tout est fichu pour lui, qu'il va mourir, quand Charlie le relâche enfin.

Mon ex reprend son souffle, plié en deux.

— Qu'est-ce que tu fais là ? lui demande le vampire.

Quand Wilson ne lui répond pas, il le prend par le col et le remet brusquement debout.

— Je t'ai demandé ce que tu faisais là.

Je frissonne, étonnamment excitée par cette démonstration d'agressivité virile. Quelque part, cela souligne la douceur dont il fait preuve avec moi. Ou alors, c'est le gingembre que j'ai entre les fesses qui me perturbe.

Wilson regarde Charlie avec de grands yeux, sans doute terrifié par ses crocs et sa tentative d'étranglement. Ah, et sans doute aussi par le fait que je sois attachée complètement nue comme une esclave sexuelle.

— Qu'est-ce que tu fabriques ici, Wilson ? demandé-je d'un ton calme.

Peut-être qu'avec moi, il acceptera de répondre. Mon ex jette un regard au vampire, puis à moi.

— Qu... qu'est-ce qui se passe ?

— C'est moi qui pose les questions, lui rétorque Charlie en grognant.

— Réponds-lui, Wilson, l'avertis-je.

Je sais que je suis en sécurité avec le vampire, mais je doute que ce soit le cas de Wilson. Charlie semble prêt à le vider de son sang.

— Je me suis juste dit... que je passerais. Tu m'as manqué, tu sais. Quand j'ai vu les planches sur les fenêtres, je me suis inquiété, alors je me suis servi de ma clé.

— D'accord. Écoute, dis-je en vitesse, comme si je n'étais pas pendue à la porte par les poignets, les fesses rosies par les coups de martinet. Entre nous, c'est fini. Tu ne peux pas passer comme ça, et je t'interdis d'utiliser cette clé. Donne-la à Charlie.

Je lui montre le vampire du menton, la voix légèrement chevrotante. Je n'ai sans doute pas l'air aussi sûre de moi que je l'avais espéré. C'est difficile, d'être autoritaire quand on est attachée toute nue dans son salon.

Wilson sort maladroitement les clés de sa poche et les fait tomber par terre. Charlie le lâche et le pousse en direction du trousseau.

— Ramasse-les, ordonne-t-il avec un accent anglais à couper au couteau.

Mon ex se penche pour les ramasser, les mains tremblantes alors qu'il détache ma clé du trousseau.

— Tu as des ennuis, Aurélia ? me demande-t-il.

— J'essaye de m'envoyer en l'air, casse-toi ! rétorqué-je du ton le plus sec possible.

Je ne veux surtout pas que Wilson décide de jouer les héros et tente de me sauver de Charlie, car ce serait le plus sûr moyen de mourir.

Le vampire n'a plus les yeux rouges. Il a l'air plus calme, plus raisonnable. Il arrache la clé des mains de Wilson. Le regard de mon ex se trouble, et il s'en va sans un mot, visiblement sous hypnose.

Mince. Ce n'est pas passé loin. Je me laisse tomber au bout de la ceinture. Je m'attends à ce que Charlie me fasse un interrogatoire, mais il se précipite à mes côtés dans un mouvement flou et me prends par la taille pour me soulever et me libérer de la porte. Il défait la ceinture qui me lie les poignets et la remet dans les passants de son jean sans dire un mot.

Je grimace en sentant le sang revenir dans mes mains. Je plie et déplie les doigts, pleine de fourmis. La racine de gingembre me brûle toujours les fesses, et je suis trempée de désir. Tant pis. Je me mets à sautiller et serre les fesses en gémissant.

Charlie me prend les poignets et frotte la marque laissée par la boucle de sa ceinture.

Je me libère de sa poigne et le prends par les mains.

— Qu'est-ce que tu lui as fait ? demandé-je.

Je n'arrive pas à oublier le regard vitreux de Wilson. Ma voisine, ma collègue, et maintenant, mon ex. Qui sera le prochain dommage collatéral ?

— Je lui ai fait oublier ce qu'il a vu et je lui ai dit de ne plus jamais revenir.

Charlie est parfaitement calme. Il se dégage de mes mains dans un geste trop rapide pour que je le perçoive. Un instant plus tard, il me tire par les cheveux et me renverse la tête en arrière. Je halète, à présent. Entre la brûlure de mes fesses et la douleur de mon cuir chevelu, je n'ai jamais été aussi mouillée. Mais ce n'est pas seulement dû à la douleur. C'est Charlie qui me fait de l'effet.

Le vampire m'examine, et son regard me caresse le cou. Est-il en colère contre moi ? Que compte-t-il me faire ? Je me lèche les lèvres et tente de trouver les bons mots pour le calmer, mais son regard tombe sur ma bouche, et soudain, je n'arrive plus à réfléchir du tout.

Il m'attire contre lui et me murmure à l'oreille :

— J'aime vraiment, vraiment ça quand tu me supplies.

Je gémis. Mes entrailles ont complètement fondu. Mon sexe me lance, gonflé après ses coups de martinet et la brûlure du gingembre.

Il me prend par la taille et me soulève vers le plafond, jusqu'à ce que ses bras soient tendus au-dessus de sa tête. Puis il penche la tête en arrière et me fait redescendre de façon à ce que mon sexe se retrouve devant sa bouche.

Nom d'un chien. Il passe la langue sur mon clitoris, activant chacune de mes terminaisons nerveuses.

— Oh, non d'un petit bonhomme, m'écrié-je, impressionnée par la sensation et par cette position acrobatique.

Il me porte ainsi jusqu'à la chambre, en se baissant pour que je ne me cogne pas au chambranle de la porte. Puis il m'allonge sur le lit. Je me tortille sur la couverture alors que la pression enfonce plus profondément la racine de gingembre en moi. Charlie rampe entre mes jambes, m'écartant les cuisses pour poursuivre son assaut exquis contre mon clitoris. Je tente de serre les jambes, mais j'en suis incapable. Autant essayer de broyer un rocher.

Charlie est impitoyable. Il fait des va-et-vient avec le gingembre enfoncé entre mes fesses tout en me caressant le clitoris avec sa langue. Je m'agrippe à ses épaules, submergée par ces sensations.

— Charlie ! m'exclamé-je. Charlie ?

Il redresse la tête, sans cesser de faire bouger le gingembre.

Mon sexe est trempé, inondant presque le matelas. La chaleur du gingembre me donne follement envie de faire l'amour.

— S'il te plaît... j'ai envie de toi.

Il a un petit sourire en coin, mais ses yeux sont tristes.

— Envie de moi où ?

Je rougis.

— En moi.

Il plonge un doigt dans mon sexe trempé. *Oh la vache !*

— Comme ça ? me titille-t-il en faisant des va-et-vient.

— Non, gémis-je en me tortillant et en tentant de me coller à sa main pour amplifier cette stimulation. Je veux ta queue en moi.

— Tu veux que je te baise ?

— Oui.

— Dis-le.

— Je veux que tu me baises ! m'écrié-je.

Il veut que je sois crue ? Il est servi.

Il me pince le clitoris, et je pousse un cri, le corps agité.

Il me prend par les genoux et me soulève les hanches pour me retourner et me traîner jusqu'au bord du matelas, de façon à ce que je me retrouve penchée sur le lit. Il continue ses va-et-vient avec le gingembre un moment, et je m'impatiente, étourdie par le désir.

— Oh, ça brûle tellement fort... Charlie, s'il te plaît.

J'entends le tintement de sa boucle de ceinture et me retourne pour le voir libérer son membre de son boxer. Vu la taille de la bosse dans son pantalon, je m'étais attendue à ce qu'il soit bien monté, mais son sexe est impressionnant, droit, long et fier.

Je pousse un énorme soupir, impatiente de le sentir en moi.

— J'ai un préservatif, là-dedans, dis-je en indiquant la table de nuit.

— Les vampires n'en ont pas besoin, répond-il. Pas de MST, aucun risque de grossesse. On peut s'en passer.

Il me prend par les hanches et m'empale d'un coup de reins profond, son pelvis poussant la racine de gingembre entre mes fesses.

— Oh, oui !

Mon sexe se contracte autour de son membre épais, et je plie les orteils. Je suis à deux doigts de l'orgasme.

— Pas encore, m'ordonne Charlie. Tu ne finiras pas tant que je ne t'aurai pas autorisée à jouir. C'est compris ?

— Charlie, je ne peux pas attendre ! gémis-je avant de mordre la couverture de toutes mes forces.

— *Ne. Jouis. Pas.*

Il est tellement autoritaire que je ne peux pas lui désobéir. Je ne peux que rester ouverte à lui et tenter de ne pas crier d'extase alors qu'il va et vient avec de grands coups de reins puissants. J'entends sa respiration s'accélérer, ce qui ne fait que m'exciter davantage.

Il pousse un petit bruit étranglé et s'exclame :

— Maintenant !

Je bande tous mes muscles, de la taille aux doigts de pieds. Mes jambes se tendent, mes fesses se contractent, et les parois de mon vagin enserrent tellement son membre que je l'aspire presque en moi. Les secondes passent et mon orgasme s'éternise, submergeant mon corps par vagues. Quand la sensation se calme enfin, je m'écroule, complètement vidée.

Charlie se retire et ôte la racine de gingembre.

Je me tourne pour le regarder et le vois grimacer, comme s'il souffrait. Son membre est toujours dressé, comme s'il n'avait pas joui.

Il n'a pas joui.

— Je vais prendre une douche, marmonne-t-il en s'éloignant.

Je descends du lit, les muscles délassés. Je titube légèrement. Mes jambes ont du mal à obéir aux ordres de mon cerveau.

— Attends, Charlie ?

Il ne se retourne pas et continue d'avancer vers la salle de bains.

— Charlie ?

Il s'arrête et se retourne d'un air agacé.

— Quoi ?

Ses yeux luisent dans la pénombre. Je recule et déglutis.

— Charlie, dis-je d'une voix douce et apaisante. Pourquoi tu n'as pas joui ?

Son joli visage se transforme en masque de pierre.

— Retourne étudier, m'intime-t-il d'une voix cassante en me montrant le salon.

— Parle-moi. J'ai fait quelque chose qu'il ne fallait pas ?

— Fais ce que je te dis.

Il est distant, et j'ignore pourquoi.

— Non, attends... dis-je en lui touchant le bras.

Il disparaît. Là une seconde, habillé, à l'exception de son sexe à l'air, et la suivante, volatilisé.

Non ! Je trébuche et crie son nom.

— Charlie !

Son image vacille devant moi. Je retiens mon souffle alors qu'il réapparaît lentement et me regarde avec une émotion profonde et indéchiffrable.

— Tu n'as pas joui, dis-je à nouveau.

Il se contente de me regarder. Il ne répond pas, mais au moins, il est toujours là, avec moi.

— C'est un truc de vampire ?

— Non.

Sa voix grave est trop monocorde. Il me cache quelque chose.

Réfléchis, Fée Clochette. Calme-toi et réfléchis.

— Ça ne vient pas de moi, si ? Ce n'est pas ma faute ?

Sa voix est terriblement douce quand il répond :

— Non, petite fée. Ça n'a rien à voir avec toi.

Alors, je comprends.

— Est-ce que c'est... le sort ?

Il penche lentement la tête et acquiesce.

Je le dévisage. Je viens de vivre l'orgasme le plus puissant de toute ma vie. Mais Charlie est toujours en érection. Et quoi que nous fassions, il restera ainsi.

Je fonds en larmes.

Charlie fronce les sourcils, mais il ne bouge pas.

— Je suis désolée, dis-je d'une voix chevrotante, sans même savoir pourquoi je pleure. C'est horrible.

Je m'essuie les yeux. Charlie plisse le front. Il tend les mains comme pour me toucher, puis il se ravise. Il est perplexe, son arrogance habituelle envolée.

Je me jette sur lui et le prends par la taille.

— Je vais tout arranger... c'est promis, ajouté-je, même si je ne sais pas du tout comment procéder. Tu ne devrais pas avoir à vivre comme ça. Je suis désolée.

Il me prend par la nuque et colle ses lèvres à mon oreille, qu'il effleure d'une canine. Puis il me soulève dans ses bras musclés et m'allonge sur le lit, avant de s'étendre à mes côtés, une main sous sa tête et l'autre autour de mon dos. Je me pelotonne contre lui, mais je veille à ne pas toucher son érection. Le pauvre.

— Aurélia, murmure-t-il d'une voix serrée par l'émotion. Si gentille.

Il m'embrasse la tempe.

— Si fougueuse...

Il m'embrasse les paupières.

— Si sensible. Tu es un exemple à suivre.

Je passe une main sur son torse, puis je m'assois et tire sur le bas de son tee-shirt. J'ai envie de le voir nu, même si nous ne pouvons pas vraiment coucher ensemble.

Il se redresse et me laisse le déshabiller.

Je jette le tee-shirt par terre et rallonge Charlie, puis je passe les doigts à travers les poils de sa poitrine, admirant les lignes de son torse sculpté.

— Tu es superbe, murmuré-je.

Il a l'air fatigué, et ses traits sont tirés, sans doute à cause de la douleur. Son érection s'est un peu calmée, mais il est toujours dur.

— De la glace, ça te ferait du bien ?

Il lâche un rire amer.

— Ne t'en fais pas pour moi. Continue d'étudier, petite mortelle. Je crois en toi.

Mes yeux s'embuent à nouveau. Il faut absolument que je rompe le sort.

Je me concentre jusqu'à ce qu'une petite bulle rose pâle se forme dans ma paume. Je l'envoie voler vers Charlie.

Il sourit et la regarde flotter dans sa direction.

— Qu'est-ce que c'est ?

Je hausse les épaules et mens :

— Je ne sais pas.

C'est de l'amour. Je l'ai sorti de mon cœur, canalisé entre mes doigts et transformé en bulle.

— C'est pour moi ? C'est très beau.

Il penche la tête pour l'éviter et la touche du bout du doigt, avant de reculer comme si elle l'avait brûlé.

— Je ne peux pas la prendre, dit-il. Tu peux la rendre un peu moins puissante ?

Je penche la tête sur le côté et alterne les regards entre la bulle et lui. Je me concentre sur ma création et imagine une lueur plus pâle, une couleur plus claire et plus douce, presque translucide, comme une bulle de savon.

Charlie me regarde faire avec un sourire las. Il tend les doigts vers mon œuvre avec fascination. Il prend la bulle et la porte à sa poitrine, où elle se fond dans son cœur.

Comprend-il ?

Il pose la main sur son cœur durant un long moment. Ses yeux sont trop sombres pour que je lise en eux.

— Merci, murmure-t-il enfin, comme si mon geste l'avait laissé sans voix.

Je frémis, traversée par une nouvelle impression de déjà-vu.

Charlie

Révéler à Aurélia le secret que je garde depuis plus de cent ans apaise une terrible faille en moi, mais cela fait également remonter ma douleur à la surface. Comme si j'avais retiré un pansement et que ma plaie se remettait à me faire mal comme au premier jour.

La bulle rose que ma petite fée m'a envoyée semble se diriger droit vers la source de cette douleur, profondément ancrée dans mon cœur sans vie. Je suis touché qu'elle me fasse un tel cadeau d'elle-même, sans que je l'y oblige, sans rien attendre en retour. Je n'ai pas accordé ma confiance depuis très longtemps. Pas depuis Anka, sans doute, et me fier à elle était une erreur.

Les yeux fixés au plafond, je lui demande :

— Pourquoi tu as crié quand je me suis dématérialisé ?

Elle se blottit contre moi et passe une jambe sur la mienne.

— Tu disparais à chaque fois que tu es confronté à tes émotions, et je déteste ça.

Je glisse le bras derrière elle et la serre contre moi.

— C'est faux, dis-je.

— Non, c'est vrai. Chaque fois que les choses deviennent trop compliquées à gérer, tu disparais. C'est ta façon de fuir la situation.

— Tu fais de la psychologie de comptoir.

Elle lâche un petit grognement amusé.

— Où est-ce que tu vas, d'ailleurs ? me demande-t-elle en me caressant le torse.

— En ville, en général. Là où je t'ai rencontrée. J'aime bien traîner dans les rues ou aller à l'Éclipse.

Elle se hisse sur un coude.

— L'Éclipse ? Tu plaisantes ?

— Pourquoi ?

— J'ai toujours pensé que ce bar avait l'air bizarre.

J'éclate de rire avant de pouvoir me retenir.

— Parce que tu es une créature magique, dis-je.

— Tu peux te téléporter n'importe où ?

— Seulement dans les endroits où je suis déjà allé.

— Ça t'arrive de retourner en Angleterre ?

— Non.

— Et la France ?

— Quoi, la France ?

— Tu y es déjà allé ?

— Oui.

Je suis nerveux. Elle semble fascinée par mon secret, et elle semble savoir quelles questions elle doit poser. Mais il vaut peut-être mieux qu'elle en connaisse les détails, pour pouvoir le briser. Je prends une grande inspiration, compte jusqu'à huit, puis je souffle.

— J'ai vécu à Paris il y a très, très longtemps. J'avais une amante, là-bas. Elle s'appelait Anka.

Aurélia se fige, comme si elle savait que cette histoire était importante.

— Anka était une sorcière, une praticienne de la magie, comme toi, sauf que la sienne était différente, plus sombre. Quand je dis que c'était mon amante, je suis sérieux. Je l'idolâtrais. Elle me menait par le bout du nez, et je faisais tout ce qu'elle me demandait.

— Tu faisais des choses atroces pour elle, chuchote Aurélia.

Je tourne brusquement les yeux vers son visage. Comment le sait-elle ? Elle a les yeux perdus dans le vague, comme si ses iris pailletés d'or pouvaient voir des choses invisibles.

— Oui, admets-je dans un murmure.

Des images du corps que j'ai vidé de son sang s'imposent à moi. Je m'éclaircis la gorge, et de ma voix normale, j'ajoute :

— Je faisais tout ce qu'elle me demandait. Je tuais ses ennemis, j'hypnotisais les gens, je l'aidais à accomplir ses rêves. Elle avait un don pour la prémonition, et elle savait très bien manipuler les énergies, comme toi. Les gens à qui elle jetait des sorts voyaient leurs vies s'effondrer. Anka est devenue la tenancière de maison close la plus riche et la plus célèbre de Paris. En fait, je n'étais que l'outil de son ambition. Elle me mentait pour que je croie qu'elle m'aimait, que j'étais son seul amant. Mais j'avais des doutes. Quand j'en ai eu le cœur net...

Je m'interromps.

— Qu'est-ce que tu as fait ? me demande Aurélia.

— Je me suis installé chez une autre tenancière. Pour faire du mal à Anka, j'imagine. Pour qu'elle connaisse le même sentiment de trahison que moi. Quand elle l'a découvert, elle m'a jeté un sort.

— C'est une histoire très sombre, dit Aurélia à voix basse.

— Oui. Je n'ai jamais cru à cette histoire de gentilles sorcières contre les sorcières maléfiques. Pour moi, une sorcière est quelqu'un qui puise dans le pouvoir de la nature pour s'en servir, que ce soit pour guérir ou pour punir. Mais maintenant que je t'ai rencontrée, avec ta magie si différente de la sienne, je me dis qu'elle était peut-être tout simplement malfaisante.

— Et les vampires ?

J'ai un sourire amer.

— On est tous malfaisants, ma belle.

— Non, dit-elle avec douceur. Pas toi. Tu as peut-être des mœurs douteuses, mais tu n'es pas malfaisant.

— Comment tu le sais ?

— Je le sais, c'est tout, répond-elle, le menton en avant. Je crois que ta première idée était la bonne. Personne n'est tout blanc ou tout noir. On est tous capables du pire comme du meilleur.

Je lui embrasse le sommet du crâne, ahuri que les choses aient changé à ce point entre nous.

— Je suis désolé d'avoir failli tuer ton ami, aujourd'hui, lui dis-je en espérant me rattraper un peu.

Elle glousse.

— Je suis désolée qu'il ait débarqué. C'était gênant.

— Je peux te promettre qu'il ne se rappellera pas t'avoir vu comme ça.

— Oh, je sais. Ce que je veux dire, c'est que je suis gênée que tu aies vu le genre de loser avec lesquels je sortais, m'explique-t-elle en me glissant un regard en coin. Est-ce que, euh... est-ce que tu étais jaloux ?

Je la fais rouler sur le dos et couvre son corps avec le mien.

— Bien sûr que oui. Pourquoi je voulais le tuer, à ton avis ?

— Alors... ça veut dire que je te plais ?

Je dépose une pluie de baisers sur sa tempe, sa mâchoire, son cou.

— Oui, petite mortelle, admets-je. Tu me plais.

— Est-ce que tu comptes m'effacer la mémoire et disparaître, quand je t'aurai libéré du sort ?

Son ton est léger, mais elle a toujours les yeux grands ouverts, dans l'attente de ma réponse.

Je ris.

— Ce n'est pas ce que j'avais prévu. Pour être honnête, je n'ai pas réfléchi aussi loin. Pour l'instant, le plan, c'est : A) torturer Aurélia, B) torturer Aurélia toute nue, et C) torturer Aurélia jusqu'à ce qu'elle me débarrasse de mon sort. Voilà, ma liste est terminée.

Elle me jette un regard noir, alors je sais qu'elle comprend que je plaisante. À moitié, en tout cas.

Je ne suis pas parfait.

— Je suis prêt à faire des changements sur ma liste, dis-je. Qu'est-ce que tu veux modifier ?

Elle cligne des yeux, mais ne répond pas. Le silence s'éternise entre nous. Elle réfléchit vraiment. Envisage-t-elle un avenir avec moi ?

— Où est-ce que tu dors, normalement ? demande-t-elle enfin pour changer de sujet.

— J'ai un chez-moi.

La règle numéro un pour un vampire qui compte rester en vie, c'est de ne révéler à personne où il passe ses journées. La léthargie nous rend très vulnérables.

Ça fait très longtemps que je n'avais pas fait assez confiance à quelqu'un pour dormir à ses côtés. Aurélia est une exception à bien des égards.

— Tu as une maison ? Allez, Charlie, arrête de faire ton cachottier, dit-elle en levant les yeux au ciel.

Je la pince, et elle pousse un cri.

— Pourquoi tu veux le savoir ?

Elle hausse les épaules et baisse les yeux.

— Pour rien.

J'ai bien envie d'insister, mais elle a les paupières lourdes. La soirée a été éprouvante. Et si elle envisage vraiment un avenir avec moi, eh bien, elle réalisera très vite qu'une créature comme elle n'a rien à faire avec quelqu'un comme moi.

Je la serre contre moi.

— Dors, ma belle.

— Et si je n'ai pas envie de dormir ? réplique-t-elle en faisant la moue.

Ses lèvres sont appétissantes. Mes crocs deviennent tranchants comme une lame de rasoir. J'ai tellement envie d'elle que j'en ai le tournis.

— Alors il faut que je trouve quelque chose pour te fatiguer.

Je m'assois et me dirige vers mon carton plein de merveilles, assez lentement pour que la Fée Clochette voie où je vais. Je reviens de son côté du lit avec le corset et les bas sexy. Cette lingerie à l'ancienne réveille des souvenirs que je refoule depuis longtemps. Je les chasse de mon esprit.

— Enfile ça, dis-je d'une voix veloutée.

Je m'allonge sur le lit pendant que ma fée-esclave obéit. Je dois l'aider à agrafer le corset, mais le résultat est éblouissant. Le vêtement moulant pousse ses seins vers l'avant, tels deux monts fermes qui ne demandent qu'à être croqués, et les bas accrochés à des porte-jarretelles encadrent parfaitement son sexe.

Je la traîne sur mes genoux. Elle se tortille, effleurant mon membre au passage, mais ça vaut le coup.

— Une fessée et un orgasme, c'est pile ce qu'il faut à ma petite fée.

Elle glousse et agite les pieds alors que je lui donne ce dont elle a besoin.

Autant m'amuser un peu avec ma mortelle captive maintenant, car dès qu'elle aura brisé le sort, je m'en irai.

CHAPITRE 11

Anka

Elle patientait dans son long peignoir bordeaux, laissant la ceinture ouverte à sa taille. Elle s'était lavée après le passage du Vicomte de Marmont, car elle ne voulait pas que Charles sache qu'elle avait couché avec un autre homme. Face à l'adoration du vicomte, elle n'arrivait pas à dire non. Aujourd'hui, il lui avait apporté un bracelet en saphir et l'avait suppliée de devenir sa maîtresse. Elle avait ri et lui avait dit de rentrer voir sa femme, même si elle savait pertinemment qu'il reviendrait la voir le lendemain soir, comme un chiot affamé.

Elle ignorait pourquoi elle couchait avec ces hommes. Elle avait dit à Charles, promis, même, qu'elle avait renoncé à tous les autres. Et elle était sincère, quand elle le disait, surtout quand le vampire lui coinçait les poignets au-dessus de la tête et se couchait sur elle, ses crocs redoutables allongés, tel le plus beau fils du diable. C'était le seul homme qu'elle laissait la dominer. Même quand elle avait commencé à vendre son corps, elle n'acceptait pas les clients trop brusques.

Mais Charles... Charles la rendait toute chose. Savoir qu'il possédait un tel pouvoir, une telle force, des crocs tranchants, la capacité de l'envoûter et de faire d'elle son esclave, savoir que malgré la magie qu'elle possédait, il pourrait lui briser les os sans se fatiguer... Mais il se montrait toujours très galant. Même quand il lui infligeait de la douleur. Surtout dans ces moments-là. Charles était la seule personne au monde en qui elle avait confiance. Ils formaient une équipe, tous les deux. Deux êtres des ténèbres qui vivaient la nuit.

Mais alors, pourquoi s'étaient-ils brouillés ? Elle n'avait pas pu se maîtriser. Le pouvoir qu'elle avait sur les hommes était enivrant. En l'idolâtrant, ils rendaient sa magie plus puissante. Et les cadeaux, l'argent... ah. Elle ne s'en lasserait jamais, malgré sa fortune déjà immense. L'acte en lui-même ne signifiait rien pour elle. Ce n'était que du sexe, pas une preuve d'amour, d'intimité ou d'autres choses fleur bleue dont aimaient parler les poètes. Elle n'avait aucune raison de se sentir coupable. Elle ne trahissait pas Charles, tant que son cœur n'appartenait qu'à lui. Mais elle ne pouvait pas lui dire la vérité, car le vampire était jaloux. Oui... elle l'avait bien remarqué, au début de leur relation. Et elle n'avait pas envie que ses riches clients soient blessés.

Peut-être aimait-elle aussi jouer avec le feu.

Le vacillement de la lampe la poussa à se retourner, et elle prit une inspiration. Son vampire venait d'apparaître. Il avait un masque de Mardi Gras au visage, et ses iris contrastaient avec le satin.

— Alors ? demanda-t-elle.

Elle l'attendait, sinon elle lui aurait reproché d'être entré dans sa chambre sans frapper. Elle lui interdisait de se maté-

rialiser ici, sous le prétexte qu'elle pourrait être en train de discuter de choses importantes avec ses filles.

Charles jeta le masque sur son lit d'un geste nonchalant du poignet.

— *Il a brusquement changé d'avis et a accepté de signer,* annonça Charles avec un petit sourire satisfait.

Il lui tendit l'acte d'achat de la belle propriété située de l'autre côté de la rue, qu'elle souhaitait utiliser pour agrandir sa maison close.

Elle tendit les bras vers le vampire et le colla à elle pour le récompenser d'un baiser passionné. Il était le seul à avoir droit à ses baisers. Aucun autre homme n'avait le droit de l'embrasser. Jamais.

Elle ouvrit son peignoir et le laissa tomber par terre. Elle ne portait qu'un corset et des bas.

— *Mmm,* murmura Charles d'un air appréciateur.

Il lui pinça un téton à travers le tissu, puis il le fit tourner, arrachant un petit cri de douleur à Anka.

— *Montre-moi ta reconnaissance,* lui ordonna-t-il en la poussant à se mettre à genoux.

— *Je croyais l'avoir déjà fait,* dit-elle.

Elle lui ouvrit son pantalon et libéra son membre spectaculaire. Elle passa la langue sur son gland.

— *Tous les vampires ont d'aussi belles queues ?* lui demanda-t-elle.

Il se mit à haleter, et il la prit par les cheveux.

— *Hein ?* insista-t-elle en le prenant contre sa joue tout en refermant le poing à la base de son sexe.

Il serra ses cheveux avec plus de force.

— *Tais-toi,* lui intima-t-il, bien que le pouvoir qu'elle avait sur lui soit évident dans son ton passionné.

— *J'adore te sucer,* roucoula-t-elle en lui saisissant les bourses.

— Quelle coquine, lui dit-il en la mettant debout. Je crois que tu aimerais que je te punisse, sorcière.

Il la poussa sur le bord du lit et s'empara de la cravache qu'il gardait dans la pièce.

— Compte-les, ordonna-t-il.

Ils avaient beau jouer souvent à ce petit jeu, elle ressentait toujours un frisson de peur. C'était peut-être pour cela que Charles était aussi bon amant. Il avait quelque chose de dangereux. Il devenait bestial, quand il était en colère ou qu'il avait soif. Sa capacité à la maîtriser excitait Anka, et pourtant, il savait toujours quand elle avait eu son compte et il ne dépassait jamais les limites.

Il abattit la cravache sur ses fesses, et elle prit une grande inspiration.

— Un, murmura-t-elle.

Il l'abattit encore.

— Deux.

Le premier coup commençait déjà à la brûler.

— Trois ! s'écria-t-elle quand il frappa à nouveau. Ralentis !

Charles la prit par les cheveux pour lui soulever la tête.

— Qui c'est qui commande, ici ? demanda-t-il d'une voix grave et sensuelle, ses crocs luisant à la lueur vacillante de la lampe.

— Toi ? susurra-t-elle.

— Exactement.

Et pour le prouver, il donna les cinq coups suivants dans une succession si rapide qu'elle ne put même pas les compter à voix haute.

Elle poussa un cri contre ses draps de soie.

— Pardonne-moi, s'exclama-t-elle en se tortillant sur le lit, savourant la friction contre ses tétons.

La brûlure sur ses fesses ne faisait qu'accentuer celle entre ses jambes.

— C'est mieux, ronronna-t-il.

Il lui passa le bout de la cravache entre les cuisses, encore et encore.

— Oh, gémit-elle.

— Grimpe sur le lit et écarte les jambes.

Elle avança à quatre pattes jusqu'au centre du matelas, puis elle s'assit, appuyée sur les mains, les pieds grands écartés, les genoux pliés.

— Touche-toi, ordonna-t-il en montrant son sexe avec la cravache.

Elle glissa deux doigts entre ses jambes et caressa son petit point sensible.

Charles la surprit en se précipitant entre ses jambes. Il lui saisit les cuisses et se mit à la lécher avec possessivité.

— Oui, Charles, murmura-t-elle en renversant la tête en arrière.

Il la lécha, la mordilla et la suça jusqu'à ce qu'elle crie. À l'instant où elle atteignit l'extase, il plongea deux doigts en elle et passa les crocs à l'intérieur de sa cuisse, avant de lui sucer le sang pendant qu'elle était en proie à l'orgasme. Les muscles d'Anka se contractèrent, puis se détendirent, et elle se laissa tomber sur le dos, aux anges, une sensation couronnée par la langue de Charles qui refermait la plaie.

～

Aurélia

L'orgasme me réveille. Je suis endormie sur le ventre, la main entre mes jambes, et je bave sur l'oreiller. Bon sang. Cette fois, heureusement, je n'ai pas réveillé Charlie avec mon rêve cochon. Il est aussi froid et raide qu'une statue de marbre à mes côtés.

Charlie. Charles.

Le souvenir du rêve me revient d'un coup. Charlie qui donnait des coups de cravache à mes fesses nues, qui me mordait l'intérieur de la cuisse. Je sors les jambes de la couette pour les inspecter. Pas la moindre trace de crocs.

Ce n'était qu'un rêve.

Mais il était si réel... Je tente de me remémorer d'autres détails de la scène. La pièce était éclairée à la bougie... non, c'était une lampe à l'ancienne, et je portais un corset et des bas, comme ceux que Charles m'a achetés. Mon rêve doit s'être inspiré de son cadeau. Mais que s'était-il passé avant mon orgasme ? J'avais voulu lui cacher quelque chose. Un autre homme ? Ça n'a aucun sens. J'ai déjà du mal à gérer un homme, alors deux ? Et je n'ai jamais été infidèle de ma vie. Contrairement à ce connard de Wilson.

Je me dépêche de me lever et de me préparer pour le travail, mais je n'ai pas envie d'y aller. Soudain, le fait de démissionner, comme me l'a suggéré Charlie, me paraît alléchant. Mais c'est ridicule. Comment ferais-je pour vivre ? Charlie m'entretiendrait-il ? Et comment gagne-t-il sa vie, d'ailleurs ?

Je frémis. Le connaissant, c'est quelque chose d'amoral ou d'illégal. Sa morale flexible l'autorise sans doute à braquer des banques, à voler des vieilles dames ou à...

Je chasse ces idées de mon esprit. Croire que je peux compter sur Charlie simplement parce qu'on a couché ensemble est absurde. Surtout qu'il ne s'éternisera sans doute pas ici une fois que j'aurai rompu le sort.

Et même s'il restait, quel genre d'avenir pourrais-je avoir

avec un vampire ? Franchement. Il est immortel, et moi...
non. Il faut que j'aie du bon sens. Je peux m'amuser, mais
sans oublier que ça ne durera pas.

Au travail, je joue avec ma magie toute la journée, m'entraînant à perdre mon regard dans le vide pour voir les halos
qui entourent les gens. Une teinte rouge apparaît au-dessus de
la tête d'un enfant quand il pique une colère, et des nuages
roses et jaunes se mettent à tournoyer quand mes protégés
jouent joyeusement.

J'essaye de chasser les nuages noirs qui semblent s'accu-
muler autour de certains enfants, ceux qui ont le plus de diffi-
cultés. Au début, je me sers de mes paumes pour produire une
lumière capable de dissoudre la grisaille, mais ensuite, je me
souviens de la boule de lumière que j'ai envoyée dans la
gorge de Charlie simplement en y pensant. Je m'entraîne à
me servir de mon esprit pour modifier directement les halos.

À dix-sept heures, je suis aussi épuisée que si j'avais
jardiné toute la journée, et j'ai des courbatures dans des
muscles dont j'ignorais l'existence. Mais je me sens bien.

Je rentre chez moi à pied, et je presse le pas en souriant
bêtement dans ma hâte de revoir Charlie.

Je le trouve toujours au lit, le visage encore plus pâle que
d'habitude sur la taie d'oreiller blanche. Je lui touche la joue.

Sa main jaillit et se referme sur mon poignet. Je pousse un
cri aigu et tente de me dégager, mais le vampire s'accroche.
Les crocs sortis, il roule sur le côté et coince ma main contre
le lit en poussant un grognement.

Puis il ouvre les yeux. Il se détend et reprend ses esprits
tout en m'observant. Il ne me lâche pas, cependant. Au lieu
de cela, il m'adresse un sourire assez large pour me montrer
ses canines.

— Aurélia, dit-il comme une araignée qui vient d'attraper
une mouche juteuse.

— Tu m'as fait une peur bleue.

Je tremble, mais mes tétons pointent comme si son agressivité m'excitait. Je n'aurais jamais cru pouvoir être attirée par un bad boy. Est-ce son côté dangereux qui me plaît ? Le fait d'avoir peur ?

Je secoue la tête, peu désireuse d'analyser mes raisons.

— Ne réveille jamais un vampire affamé, dit-il d'un ton endormi en refermant à moitié les paupières.

Il me tire contre lui et m'embrasse sur les lèvres avant de se coller à moi. Le bras qui m'enlace devient pesant.

— Tu veux manger ? demandé-je.

Je ne sais pas s'il parlait de nourriture ou de sang. Il ne répond pas. Il s'est rendormi.

Mince. Déçue, je quitte le lit et me rends dans la cuisine pour préparer une nouvelle salade, vu que c'est la seule chose que je sais faire. Je jette un regard au poulet bio et élevé en plein air, mais je n'en suis pas encore à cuisiner de la viande. Ou en tout cas, pas de la viande qui ne soit pas sortie d'une boîte de conserve ou du congélateur.

Si elle me voyait, ma grand-mère secouerait la tête. Un bon petit plat, c'est le plus sûr moyen de séduire un homme.

J'étouffe un rire. Et pour séduire un vampire ? La sauce *mole* de ma grand-mère contient plus de vingt épices, mais pas l'ingrédient indispensable : le sang.

Je retourne dans la chambre et examine mon vampire endormi. Il a peut-être l'habitude se réveiller bien après le coucher du soleil, et il a dû se lever tôt ces derniers jours pour s'assurer que j'étudie. Je pourrais lire les livres qu'il m'a achetés, mais la théorie est bien moins intéressante que la pratique. Et Charlie est le meilleur tuteur qui soit.

Alors je me déshabille et enfile le corset et les bas. Je tremble légèrement alors que j'attache les agrafes. Je n'arrive pas à croire que j'essaye de séduire un vampire. Et en plus, je regrette qu'il n'ait pas sa cravache ! Si c'était le cas, nous pourrions reproduire mon rêve.

J'ignore pourquoi ce rêve me reste en mémoire, mais il était si réaliste qu'il me semble important.

Je grimpe sur mon vampire, et à voix basse, pour ne pas lui faire peur, je dis :

— Chaaaaarlie. Réveille-toi, le vampire. J'ai une surprise pour toi.

Comme la première fois, ses mains bougent avant qu'il ouvre les yeux, mais elles se referment sur mes bras avec douceur et me collent à lui. La bosse de son sexe me caresse à travers les draps, et je me penche légèrement pour placer mon centre sur son érection et pouvoir m'y frotter.

Il pose les mains sur mes fesses, les yeux écarquillés par la surprise, comme s'il venait de remarquer ma tenue. Il me redresse de façon à ce que je le chevauche, puis il m'admire, bien réveillé, à présent, les crocs sortis.

— Laisse-moi te regarder, dit-il d'une voix pleine de désir.

Je bombe la poitrine pour mettre en valeur le corset noir, qui me va parfaitement.

— Ma chère Fée Clochette. Tu es à croquer.

Je contiens un frémissement et tente de ne pas prendre sa phrase au premier degré.

— Lève-toi pour que je voie le reste.

J'obéis et expose mon sexe fraîchement épilé ainsi que mes bas.

— Tourne-toi.

Je pivote, le cœur battant.

— Qu'est-ce que tu en penses ? demandé-je en lui jetant un regard par-dessus mon épaule, dans une pose que j'espère séduisante.

En un clin d'œil, il me tire sur le lit et se couche sur moi pour m'embrasser avec une passion qui me met dans tous mes états. Je confronte mon désir au sien, écrase ses lèvres contre les miennes, ondule sous son corps. J'ai envie qu'il me prenne dans tous les sens du terme, mais il recule, un sourire diabolique aux lèvres.

— Tu es bien coquine, comme nana.

Je prends un air insulté.

— Nana ? répété-je en le saisissant par le tee-shirt pour le tirer vers moi. Tu es resté bloqué dans les années quatre-vingt-dix ?

Il résiste à ma tentative de le coller à moi, et ignore ma question.

— Il devrait y avoir d'autres objets dans la boîte, me dit-il. Va les chercher.

Mon estomac fait des acrobaties dignes d'une gymnaste olympique. J'ai soigneusement ignoré les deux derniers objets de la boîte. L'un d'entre eux ressemble à un sex-toy en acier inoxydable, l'autre est un flacon de lubrifiant. Mais son ordre me pousse à l'action.

Je rampe hors du lit et vais chercher le lubrifiant et le sex-toy. Charlie s'assoit au bord du lit et m'embrasse de nouveau avec passion avant de me pencher sur ses genoux. J'ai toujours les pieds par terre, mais mon torse est couché sur ses jambes et le lit. Il me donne une tape sur les fesses. Le claquement résonne, mais la douleur est faible.

— Tu sais ce que c'est, Aurélia ?

— Pas exactement, réponds-je avec une petite voix.

— Écarte les fesses avec tes mains, m'ordonne-t-il.

Mince.

Va-t-il vraiment faire ça ? J'envisage de refuser, mais je n'ai plus envie de jouer à ça avec lui. J'obéis, et écarte timidement les fesses. Quelque chose de froid touche mon anus, et je frémis. C'est le lubrifiant.

Je me fige, parfaitement consciente de la fonction du sex-toy. Et comme prévu, son bout arrondi se presse contre mon entrée de derrière.

Je serre les paupières et pince les lèvres.

— Non, gémis-je.

Même si je me suis allongée sur ses genoux avec enthousiasme, impatiente qu'il fasse de moi ce qu'il veut. Il appuie sur le métal froid, qui m'étire l'anus.

— Non... je ne peux pas, protesté-je.

— Chut. Tu en es capable. Et tu le feras, parce que c'est ce que je veux.

Il a raison. Qu'est-ce que cela dit de moi ? Comment a-t-il pu prendre le contrôle sur moi aussi facilement ? Ne me battais-je pas bec et ongles, il y a un jour ou deux ? Qu'est-ce qui m'a fait changer d'avis ? Ces ébats torrides ?

Peut-être.

Sans nul doute. J'étais prête à ramper pour qu'il me donne des miettes de plaisir.

Le plug anal m'étire davantage. Je ravale un cri, les lèvres serrées.

Puis, le sex-toy est inséré en entier. Une fois en place, il ne me fait pas mal. Il me donne simplement l'impression d'être remplie et me donne envie d'être poussée à l'orgasme. Ou d'être baisée sauvagement.

∼

Charlie

— Aurélia, bredouillé-je, presque étourdi de voir le plug anal l'étirer ainsi.

Je la soulève pour la mettre debout entre mes jambes, et je pose les mains sur ses joues chaudes.

— Tu t'en es très bien sortie, la félicité-je. Tourne-toi pour que je te regarde.

Elle pivote, et je dois la rattraper quand elle vacille. Mais elle obéit. Elle fait de son mieux pour exécuter mes ordres.

J'ignore comment j'ai gagné son obéissance, mais je ne suis pas assez bête pour croire que tout est dans la poche. Quoi qu'il en soit, elle m'accorde ce moment de soumission.

Gagner ne m'a jamais fait me sentir aussi impuissant.

Mon sexe est douloureux, pris d'un élancement brûlant qui ne fait qu'aiguiser ma soif de sang. Aurélia est sublime, son cul bombé encadré par le corset et les bas, et le plug entre ses fesses est le symbole de sa soumission.

— Magnifique, dis-je.

Je la fais tourner et la colle à moi pour un baiser sauvage.

Ses joues deviennent toutes roses, et ses yeux se troublent, pleins de passion.

— Tu ne pourrais pas me faire plus plaisir, ajouté-je.

Je sais qu'elle veut jouir, mais j'ai l'intention de prolonger sa frustration.

— Maintenant, je veux que tu prépares le dîner dans cette tenue, dis-je en lui écartant les fesses pour faire tourner le plug.

Elle gémit et ouvre la bouche pour protester.

J'enfonce le plug, et elle pousse une exclamation, les yeux ronds.

Je l'attrape par les tétons et tire dessus jusqu'à ce qu'elle se penche, son visage à hauteur du mien.

— La seule réponse acceptable, c'est *oui, maître*.

Fini de jouer. J'ai gagné.

Elle commence à lever les yeux au ciel, mais je pousse à nouveau sur le plug anal, et elle perd l'équilibre, tombant contre moi. Je la rattrape, et elle referme les mains sur mes épaules.

— Oui, maître, insisté-je.

— Oui, maître.

Parfait. Je lui adresse un petit sourire satisfait, puis je me lève.

— Viens, esclave.

Je lui donne une tape sur les fesses et la guide dans la cuisine. J'ouvre le réfrigérateur et découvre qu'elle a déjà préparé une salade.

— Petite fée, tu as été bien sage. Tu seras récompensée. Je vais t'allonger sur le lit et te baiser toute la nuit jusqu'à ce que tu me supplies de t'épargner.

Elle frémit, et je lui fais un clin d'œil. Mais elle se met à froncer les sourcils. Elle pense au sort.

— Ne t'inquiète pas. Ça fait cent ans que je baise sans orgasme. Ça ne m'a pas encore arrêté.

Ses lèvres se tordent dans un sourire triste.

Son affection me transperce la poitrine. Je ne mérite pas sa compassion.

— Mets la table, Aurélia.

Je claque des doigts, et attends qu'elle se plie à mes ordres avant de sortir des blancs de poulet du frigo. Je les mets dans un plat sur un lit de tranches de citrons, puis je les couvre de pesto. J'aime prendre soin de ma mortelle captive.

Du coin de l'œil, je l'admire, la vision la plus érotique que j'aie jamais vue. Elle fait de tout petits pas prudents, et le bout du plug anal luit entre ses fesses. La seule chose capable de la faire marcher plus lentement, ce serait une chaîne entre ses chevilles.

Ah, en voilà, une idée ! Je la garde au chaud pour plus tard.

— Viens là, ordonné-je une fois le poulet au four.

Elle obéit immédiatement.

Je m'assois sur une chaise et l'installe sur mes genoux, une main sur le plug pour pouvoir le faire bouger en elle.

— Tu as étudié, aujourd'hui ?

— Pas les livres, mais je me suis entraînée au travail.

Je palpe l'un de ses seins et le soulève jusqu'à ce que son téton sorte du corset. Je le prends en bouche et le suce, tout en faisant des va-et-vient avec le plug anal.

Elle gémit, un son désespéré et plein de désir.

— Pas encore, petite.

Son odeur est délicieuse.

— Tu vas m'achever, marmonne-t-elle.

— Tant mieux, réponds-je avec satisfaction. Maintenant, montre-moi ce que tu as appris aujourd'hui.

Elle se redresse et hausse un sourcil.

— Tu n'en as pas, déclare-t-elle.

— De quoi ?

— D'aura. J'ai passé la journée à modifier les champs énergétiques des gens. À les purifier, ce genre de choses. Je crois que j'ai appris comment fonctionnaient les sorts.

Je lâche son téton.

— Comment ?

— Eh bien, j'ai vu deux petites filles se disputer, et l'une d'entre elles a envoyé une vague d'énergie en forme de poignard à l'autre. Elle s'est plantée dans son cœur et y est restée, et la victime a pleuré pendant très longtemps tout en se frottant la poitrine. Je ne crois pas que la petite fille ait eu de mauvaises intentions, mais je pense que quelqu'un comme Anka, qui connaissait le fonctionnement de l'énergie, a pu t'envoyer volontairement ce que nous appelons un sort.

Je la mets debout et écarte les jambes et les bras.

— Tu vois des lames d'énergie ? demandé-je. Ou... je ne sais pas, une sorte de bouchon ?

Elle baisse les yeux sur mon entrejambe, qu'elle fixe durant un long moment.

— Eh bien, je n'ai encore jamais examiné l'énergie d'un sexe. Mais en effet, je crois que je perçois quelque chose.

Elle s'agenouille devant moi et déboutonne mon pantalon, puis marque une pause comme pour me demander la permission. Je hoche la tête, et elle sort mon membre de mon boxer, puis le prend par la base et joint les doigts de son autre main au bout de mon gland, comme une pince.

Je retiens mon souffle. Pourrait-ce être aussi simple ? Cela fonctionnera-t-il ?

Aurélia soulève les doigts, comme pour tirer sur un fil ou une écharde. Elle reproduit ce mouvement à plusieurs reprises.

Une douleur aiguë me traverse le sexe, de la base au gland. Je pousse une exclamation.

— Je n'arrive pas à l'enlever, dit-elle d'un air sombre. C'est peut-être à toi de le faire. Ou alors, tu dois d'abord rompre le lien qui t'unit à elle, ou un truc dans le genre.

Je grogne et me lève. Je n'attends pas qu'elle recule pour fourrer mon membre dans mon boxer, et je me rends dans la chambre à grands pas pour m'habiller. Foutu sort.

Aurélia se place dans l'encadrement de la porte, hésitante.

— Tu veux que je me rhabille aussi ? me demande-t-elle.

Mon cœur sans vie se serre. Je ne prends plus en compte les émotions des autres depuis longtemps, mais voir les épaules affaissées d'Aurélia et son expression timide atténue ma mauvaise humeur.

Je serre les poings et souffle.

— Non, dis-je avec douceur. Mon esclave-fée doit être

prête et accessible à toute heure. Tout ce que je te demande, c'est que tu essayes d'extraire le sort avec ta bouche et ta langue, tout à l'heure.

Elle m'adresse un petit sourire, mais ses yeux restent pleins d'inquiétude.

Bon sang. Je tiens à elle.

— Viens là.

Je lui ouvre mes bras. J'attends qu'elle soit blottie contre moi pour murmurer :

— Je suis désolé.

Avant Aurélia, je n'avais jamais présenté d'excuses à un humain.

Le minuteur du four sonne. Quelle est cette expression qu'emploient les mortels, déjà ? Ah, oui. Sauvé par le gong. Je n'ai aucune envie de continuer à exprimer les drôles de sentiments qui me gonflent la poitrine.

Je donne une petite tape sur les fesses délicieuses de la Fée Clochette.

— Allez, on va manger.

Aurélia

Rester assis avec le plug entre les fesses m'envoie des vagues de chaleur à travers tout le corps. Inconfort, désir, excitation, tout se mélange. Charlie sert le dîner, me surprenant avec sa modernité question partage des tâches. C'est inattendu, de la part d'un homme du dix-neuvième siècle, mais je commence à avoir l'habitude d'être étonnée.

Je me jette sur la nourriture, impatiente de passer à

d'autres activités. Quand je pose ma fourchette, je réalise qu'il a fini de manger, lui aussi. Je me dépêche de débarrasser et de faire la vaisselle, mon anus contracté autour du corps étranger entre mes fesses.

— Je sens ton excitation, me murmure Charlie à l'oreille en apparaissant juste à côté de moi.

Mon sexe se contracte, impatient qu'il me prête plus d'attention.

Le vampire m'enlace par-derrière, et mon estomac se serre quand une terrible sensation m'aspire vers l'arrière. Tous les atomes de mon corps semblent se séparer, puis se rejoindre. Je cligne des yeux. Mon appartement a disparu. Notre environnement a complètement changé.

— Tu voulais voir ma maison, me susurre Charlie avant de frotter le nez à mon cou.

Je reste bouche bée.

Sa chambre ressemble beaucoup à celle de mon rêve. Du velours et des soieries couvrent les murs et le lit. Les meubles semblent être des antiquités, de belles pièces de bois sculptées avec minutie. Les couleurs dominantes sont le bordeaux, le rouge et l'or.

Je n'arrive pas à croire qu'il m'ait emmenée ici. Il semblait éviter le sujet, ce que je peux comprendre. Ça fait des siècles qu'il garde des secrets.

— On est où ?

— Dans un bunker. Sur la base de Sombrero Peak.

Je me retourne dans ses bras.

— Pourquoi est-ce que tu m'as emmenée ici ?

Commencerait-il à s'ouvrir à moi ?

— Pour te baiser dans mon lit, bien entendu.

Son sourire en coin ne laisse rien paraître, mais je ne suis pas dupe. Il m'a emmenée dans sa cachette. Il peut nier autant qu'il veut, je sais que c'est important.

— À genoux, esclave, m'ordonne mon maître vampire.

L'excitation me monte dans le bas du ventre. Je m'agenouille à ses pieds et tends les mains vers le bouton de son jean.

Il émet un son réprobateur.

— Tu as demandé la permission ?

— S'il te plaît, maître, puis-je te sucer ?

Il sourit.

— Oui, vas-y.

J'ouvre son jean et laisse son membre en érection se libérer. Avant que j'aie le temps de le toucher, il le prend dans son poing et s'en sert pour me gifler le visage, d'un côté, puis de l'autre. Comme toujours avec le vampire, cette humiliation m'excite, et c'est bien sûr pour cela qu'il le fait. Il me teste. Et au fond, la soumission ne me plaît-elle pas ? Je n'avais encore jamais connu un tel plaisir.

Alors je ferme les yeux et tire la langue pour que son sexe passe dessus alors qu'il me fouette les joues.

— Mmm, c'est bien, esclave, murmure-t-il en me prenant la tête pour me maintenir en place. Ouvre grand.

Je détends mes mâchoires, et il me pénètre la bouche, m'emplissant plus que de raison, jusqu'à ce que j'aie un haut-le-cœur. Il va et vient, maître de ses mouvements, et me baise la bouche. La vulnérabilité de ma position ne m'échappe pas. S'il s'enfonce trop, il peut me couper la respiration, me pénétrer la gorge et m'étrangler avec son sexe. Mon instinct de survie me hurle d'arrêter, de me libérer de cette position dégradante, mais pour une raison inexplicable, j'ai envie de lui faire du bien. Parce que chaque torture se conclut par une récompense.

— Lève-toi et tourne-toi, Aurélia, m'ordonne Charlie, la voix débordante de désir.

Il m'aide à me relever et me guide jusqu'au pied du lit, avant de me pencher dessus.

— Tu es prête à ce que je te baise ?

— Oui, maître, réponds-je dans un souffle.

Mon sexe fourmille, électrisé et impatient qu'il le caresse. Je gémis quand il presse son membre contre mon entrée, dur et moelleux à la fois, comme aucun doigt ou sex-toy ne pourrait jamais l'être.

Il se glisse en moi, mon lubrifiant naturel si généreux que je me sens à peine étirée. À moins que je ne sois distraite par le plug anal. Tout ce que je sais, c'est que j'en veux plus. Je veux qu'il me baise sauvagement, qu'il se serve de moi, qu'il me prenne pleinement.

— S'il te plaît, gémis-je quand il bouge trop lentement.

Il rit.

— C'est moi qui décide du rythme, petite. Et tu ne jouiras pas tant que je ne t'y aurai pas autorisée. Compris ?

— Oui, maître.

Malgré ses mots, il se met à aller et venir plus vite, caressant mon sexe avec le sien, son pelvis collé à l'extrémité du plug anal chaque fois qu'il me donne un coup de reins.

Je tremble, les jambes en coton, fébrile de désir. Je ne sais même plus où nous sommes. Tout ce qui compte, c'est son membre qui bouge en moi, mes cellules sur le point d'exploser s'il ne me laisse pas jouir.

— Oh, Charlie, gémis-je en tournant la tête sur les draps pour mordre le tissu luxueux. Charlie, s'il te plaît, laisse-moi jouir. S'il te plaît, s'il te plaît, s'il te plaît.

— Tu es adorable quand tu me supplies.

Ses doigts se referment sur mes hanches, et il se met à aller et venir avec plus de force. Encore et encore, il me pilonne, frappant mes parois intérieures alors que ses bourses claquent sur mon clitoris et que le plug s'enfonce entre mes fesses.

— Charlie ?

Je suis incapable de tenir une seconde de plus.

— Maintenant, Aurélia, grogne-t-il.

Mon orgasme explose à l'instant où il me donne la permission. Des étoiles apparaissent devant mes yeux. Des vagues d'extase me submergent, contractant mon centre, envoyant des répliques jusque dans mes jambes et la plante de mes pieds.

Je retiens mon souffle, prête à m'évanouir de plaisir.

Quand je me libère de ce tsunami, je halète et m'effondre sur le lit. Je cligne des yeux pour retrouver ma vue et mes repères.

Charlie sort le plug anal et me soulève pour me placer sur le dos avec douceur. Alors que la réalité refait surface, je vois les tendons crispés de son cou, la douleur sur son visage alors qu'il se glisse sur moi. La culpabilité s'empare de moi. J'ai savouré un orgasme qui lui est hors d'atteinte.

Je lui caresse la joue, mais il se dégage, heurté par ma pitié. Il s'enfonce entre mes jambes, et je m'ouvre à lui, malgré mon engourdissement. Il se met à aller et venir, sans douceur, mais sans sauvagerie non plus, avec une sombre détermination, comme s'il voulait me baiser toute la nuit dans l'éventualité où le sort disparaîtrait.

Charlie se hisse sur les coudes, la tête au-dessus de mon épaule, la respiration saccadée. Il pousse un grognement de douleur, et les muscles de son bas-ventre se contractent.

Sans prévenir, il me mord. Je pousse un cri de surprise et le repousse, tremblante. Il me caresse la joue du pouce comme pour me calmer, sans cesser d'aller et venir en moi tout en me suçant le sang.

— Non, sangloté-je. Lâche-moi. Arrête.

Il suce encore quelques secondes puis lèche ma plaie pour la refermer avec de lents coups de langue, comme si je n'étais pas en train de me débattre sous son corps.

À l'instant où il me lâche, je me mets debout, furieuse.

— C'était quoi ça, putain ?

Charlie descend du lit à son tour, l'air fatigué, son membre toujours dressé à cause d'une passion impossible à évacuer.

— Je n'ai pas fait exprès, dit-il d'un air abattu. C'est si grave que ça ?

— Bien sûr que c'est grave ! J'ai besoin de mon sang. Je ne veux pas qu'on me le suce. Tu le savais, mais tu l'as fait quand même.

Il se passe la main dans les cheveux dans un geste brusque.

— Ça t'a fait mal ? Tu as la tête qui tourne ?

— Non, mais tu n'avais pas le droit de faire ça. Je ne voulais pas que tu me mordes !

Il souffle, et son visage devient insondable. Il se rhabille.

— Où tu vas ?

La panique commence à monter en moi. Mince. Il va encore se volatiliser. Mon estomac se serre.

— Tu n'as pas intérêt à me laisser ici...

Il a disparu.

— Bon sang !

Puis il réapparaît, comme s'il m'avait entendue lui crier dessus. Il se dirige vers moi à grands pas. Mon cœur bat la chamade.

Qu'allait-il faire ?

Il me prend par la taille, et pendant un instant merveilleux, je crois que tout va s'arranger, mais mon corps est de nouveau tiré vers l'arrière, puis les cellules se séparent et se reforment. Une seconde plus tard, je suis debout dans mon salon.

Et Charlie disparaît à nouveau.

Fait chier. Il est simplement revenu pour me ramener chez moi. J'imagine que je devrais lui en être reconnaissante. Il aurait pu me laisser retrouver mon chemin dans le noir, avec pour seuls vêtements un corset et des bas.

Et puis merde. Je me rends dans ma chambre d'un pas lourd pour enfiler un jean et un tee-shirt. Il ne peut pas se tirer à la moindre contrariété. Il m'a emmenée dans son Saint des Saints, et c'est important. Mais au moindre moment de faiblesse de sa part, il m'abandonne.

S'il est fâché, il n'a qu'à rester et me le dire en face. Je ne supporte pas qu'il se volatilise.

Vraiment pas.

Je mets mes baskets et récupère mes clés, avant de me diriger vers la porte. Il m'a dit qu'il aimait aller dans le centre-ville. Je vais l'y retrouver.

L'idée qu'il soit en colère contre moi me ronge. Un détail refait surface dans mon esprit : après m'avoir mordu, sa peau avait une teinte différente. Quand j'avais essayé de le réveiller, il était tout blanc. Et n'avait-il pas dit qu'il était affamé ?

La culpabilité me tord le ventre. Pourquoi me suis-je emportée comme ça ? Il a raison, je n'ai pas eu mal, et je ne ressens aucun effet secondaire, donc il n'a pas dû boire beaucoup de sang. Il avait peut-être vraiment besoin de se nourrir. Ou alors, c'est comme un orgasme de substitution, pour lui, et quand je le lui ai refusé, ça a remué le couteau dans la plaie.

Le vampire est orgueilleux.

Je rejoins le centre-ville d'un pas pressé, à l'affût. Je ne le vois nulle part, alors je me dirige vers l'Éclipse.

Plusieurs motos sont garées sur un parking voisin. Leurs

propriétaires tatoués sont en train de discuter. Ces types sont tous très grands, avec des muscles qui étirent leurs marcels blancs. On est au mois de janvier, et il fait froid pour l'Arizona, mais seul l'un d'entre eux porte une veste en cuir.

Quand je passe devant eux, un type se retourne. Il a un piercing à la lèvre et le crâne rasé. Dans le noir, ses yeux semblent avoir une lueur argentée... mais ce n'est pas possible. Les humains n'ont pas les yeux qui... Oh. Il n'est pas humain.

Je presse le pas.

— Besoin d'aide, ma petite dame ? me lance-t-il.

Les autres hommes se taisent et se retournent pour voir à qui parle leur ami. Crotte de bique.

Je pénètre dans le bar et me frotte les bras. Je n'aurais pas dû venir seule. Sans réfléchir, je fais apparaître ma bulle de protection. C'est instinctif, quand je suis stressée.

Eh, merde. Des vampires.

Charlie avait raison. Ils sont tous en costumes, mais ils ont l'air bien plus louches que lui. Je tourne la tête à droite, puis à gauche, passant la foule en revue pour voir s'il est là. Je recule vers la porte en tentant de ne pas montrer ma peur. Aucune trace de Charlie, mais les vampires se lèvent comme un seul homme et se dirigent vers moi. Je passe le bar en revue une dernière fois, puis je tourne les talons pour sortir.

Un vampire se rue devant moi pour me bloquer le passage.

~

Charlie

Être en manque me met toujours de mauvaise humeur. Je tente de me secouer, mais la noirceur continue de monter en moi.

La scène dans ma chambre m'a beaucoup trop rappelé Anka. Je me demande comment j'ai pu croire qu'Aurélia – ou que n'importe quelle femme, d'ailleurs – serait différente. L'amour n'est pas une émotion pure. Les humains – et les vampires – sont des créatures égoïstes. Au final, tout le monde ne pense qu'à lui. J'avais été bête de lui faire plaisir sans être capable d'en avoir en retour, bête de croire qu'elle me rendrait la pareille avec la seule chose qu'elle puisse me donner.

Je m'arrête et me frotte le visage.

Non, elle n'est pas comme Anka. Aurélia a eu peur, et quand elle a peur, elle pète toujours les plombs. C'est ce qui me plaît, chez elle. J'aime bien qu'elle se révolte face à l'adversité. Et elle avait raison, quand elle a dit que je disparaissais chaque fois que j'étais mal à l'aise. Mais si j'étais resté, je lui aurais dit des choses blessantes.

Et j'ai beau dire que je suis égoïste, je ne supporte pas de la voir souffrir. Même en m'en allant, sa douleur me préoccupe.

Je me rends dans le centre-ville, mes nerfs à vif apaisés par l'air frais et les étoiles. Quelque chose me pousse à m'arrêter et à tendre l'oreille. Pas un bruit, mais une émotion : la peur. Et pas la mienne.

Aurélia.

J'ai bu son sang, et alors que mes propres émotions se mettent en arrière-plan, j'arrive à sentir les siennes. Quelque chose cloche. Avant même que je me mette en mouvement, un cri transperce l'air à seulement quelques rues d'ici. Je me rends à la vitesse de l'éclair dans la ruelle située derrière l'Éclipse, et un deuxième cri retentit. Mon sang ne fait qu'un tour.

Merde.

Aurélia, immobilisée par l'hypnose, a la tête penchée en arrière pour exposer sa gorge, et le vampire Abe Fenman et deux de ses sous-fifres se penchent sur elle alors qu'elle hurle.

— On dirait qu'elle s'est déjà fait mordre ce soir, constate Abe juste avant que je me matérialise derrière lui pour le tirer en arrière.

Nous nous battons à une vitesse vampirique, nos corps flous, nos coups assez violents pour briser des os. Trois contre un, ce n'est pas l'idéal, mais je me sers de ma colère. Je ne m'inquiète pas pour moi. Tout ce qui compte, c'est de libérer Aurélia de l'hypnose qui la rend vulnérable. Je pivote et donne un coup de pied au vampire mince du nom d'André, mais Abe me donne un coup de poing dans le ventre, et le troisième vampire me tranche la gorge avec un tesson de bouteille.

Le verre est bloqué par le tendon qui lie mon cou et mon épaule, épargnant mon artère vitale. Je prends le visage d'Aurélia dans mes mains et consacre quelques secondes à lever son hypnose.

— Fais apparaître ta bulle, ne croise pas leurs regards. Cours le plus vite possible.

Ce moment de distraction me coûte cher, car les trois immortels m'attaquent en même temps. L'un d'entre eux me bloque les bras derrière le dos pendant que les autres me rouent de coups de poing et de coups de pied. Je lève les deux jambes et frappe le vampire qui me fait face en pleine poitrine, avant de donner un coup de tête en arrière pour casser le nez de mon adversaire.

Aurélia crée sa bulle, mais elle ne s'enfuit pas. Elle reste là à me regarder d'un air horrifié.

— Cours !

Bon sang. J'aurais dû l'hypnotiser pour l'obliger à m'obéir.

Intrigué par l'attention que je porte à la mortelle, l'un des vampires se tourne vers elle pendant que ses amis continuent de me frapper.

Le tesson de verre me coupe le bras, mais je parviens à plaquer André au sol et à lui taper la tête contre l'asphalte, encore et encore.

— Charlie !

Le hurlement d'Aurélia me pousse à lever la tête juste à temps pour la voir jeter une boule de lumière à la figure d'Abe. Furieux, le vampire se rue vers elle en rugissant.

Je me précipite entre eux, attrape Aurélia par la taille et tente de fuir avec elle, mais je n'arrive pas à me concentrer. Abe me plante un croc dans le dos, me déchirant l'épaule.

Aurélia fait apparaître sa bulle de protection autour de nous, et le vampire est projeté en arrière.

— Hé !

Deux grands types font leur apparition. Ils sont gigantesques et couverts de tatouages. Le plus impressionnant est celui d'une patte de loup sur leur épaule droite.

— Les sangsues ne sont pas les bienvenues ici. Dégagez.

Super. La patrouille des loups-garous. J'ai plutôt intérêt à nous emmener loin d'ici avant qu'ils appellent Lucius et que le roi-vampire nous emprisonne et nous torture tous. Si je fais profil bas, c'est pour une bonne raison. La politique vampirique, ce n'est pas bon pour moi. C'est même carrément mortel.

Je ferme les yeux pour me calmer et je me représente le salon d'Aurélia alors que je la tire dans le néant.

Quand nous réapparaissons, je la sens trembler.

Merde. J'ai failli la perdre, là-bas. Je n'ai pas eu aussi peur depuis... eh bien, sans doute depuis ma vie de mortel.

— Qu'est-ce que tu foutais ? Déjà, je t'avais dit de ne pas sortir toute seule la nuit. Et je t'ai ordonné de faire apparaître ta bulle et de t'enfuir.

Je la jette sur mon épaule et la porte jusqu'à sa chambre, avant de la laisser tomber sur le lit.

— Quand je te donne un ordre, je m'attends à ce que tu obéisses, surtout quand c'est pour ton bien, bon sang !

Elle reste immobile et me regarde avec des grands yeux.

— Pourquoi tu ne t'es pas enfuie quand je te l'ai dit ?

— Je n'allais pas te laisser tout seul ! répond-elle.

Je ressens un pincement dans ma poitrine. Et dire que seulement quelques dizaines de minutes plus tôt, je l'avais prise pour une égoïste...

Je m'étais trompé sur toute la ligne.

— Je suis un vampire, ma belle. *Immortel.* Mes blessures guérissent, sauf si je suis décapité ou si je me vide de mon sang. Contrairement à toi, ma chère fée. Et ces vampires voulaient boire pour te vider de ton pouvoir. Je t'avais avertie.

Des larmes brillent dans ses yeux, et je me fige.

Oh, non. Ses émotions me submergent. Du regret ? Du désespoir ?

Je me laisse tomber sur le lit pour la serrer dans mes bras. Elle se pelotonne contre moi, accrochée à mon cou, la tête sur ma poitrine. J'essuie ses larmes et lui caresse le dos.

— Chut, ma belle. Tu es en sécurité, maintenant. Ces brutes t'ont fait peur ?

Elle secoue la tête et se redresse pour me regarder, les joues baignées de larmes.

— Je n'arrive pas à croire que tu aies fait ça, dit-elle.

Qu'ai-je fait ? Je me creuse la cervelle.

— Ces vampires...

— Je m'en fiche, d'eux, me coupe-t-elle. C'est de toi que je parle !

Elle me donne une tape sur le sternum.

— Tu t'es encore volatilisé ! poursuit-elle en me frappant à nouveau. Tu me fais le coup à chaque fois, et tu me laisses toute seule à me demander ce que j'ai fait de mal.

Elle me frappe de nouveau le torse, encore et encore, et martèle :

— Je. Ne. Veux. Plus. Que. Tu. Partes.

Je lui saisis les poignets à une main et les maintiens contre ma poitrine.

— D'accord, murmuré-je d'une voix rauque, troublé par sa détresse.

J'essuie une nouvelle larme et tente de la pousser à se blottir de nouveau contre moi, mais elle se libère.

Elle semble se reprendre.

— Je suis désolée de m'être montrée... capricieuse pour cette histoire de sang, dit-elle, avant de lever des yeux pleins de courage et d'humilité vers moi.

J'éclate d'un rire bref, étonné qu'elle s'excuse. Bon, je ne m'étais pas non plus attendu à ce qu'elle me frappe.

— Ce n'était pas un caprice, réponds-je, toute mon irritation envolée.

— Mais si. Tu avais besoin de boire, non ?

Je hoche la tête une fois, peu désireux de montrer mes faiblesses, même devant elle.

— Pourquoi ne pas me l'avoir dit ? Pourquoi tu ne te nourris pas ?

Je prends une grande inspiration.

— Je suis du genre monogame, j'imagine, dis-je en haussant les épaules. Je l'ai toujours été.

Elle me regarde d'un air hébété, et les paillettes d'or de ses yeux scintillent.

— Tu veux dire...

Elle laisse sa phrase en suspens, l'air incertain.

— Parce que c'est sexuel ? reprend-elle.

— Oui. Depuis que je t'ai rencontrée, seul ton sang m'intéresse.

— Et j'ai refusé de te le donner.

Sa voix douce est pleine de regrets.

Je balaye les cheveux qui lui tombent sur le visage et lui place un doigt sous le menton pour qu'elle me regarde.

— Tu as eu peur, c'est tout.

Elle déglutit et hoche la tête.

— Plus maintenant. Tu peux faire tout ce que tu veux de moi.

Ses mots foncent droit vers mon membre. Je prends sa tête entre mes mains et dépose un doux baiser sur ses lèvres.

— C'est ce que je te répète depuis notre rencontre, dis-je.

Elle me passe les bras autour du cou et se blottit contre mon épaule, avant de sursauter.

— Oh, mon Dieu ! s'exclame-t-elle.

Je baisse les yeux sur le sang séché provoqué par ma blessure. Je soulève mon tee-shirt.

— Regarde, lui dis-je. Les vampires guérissent très vite. Tu vois comme ma chair se ressoude déjà ? Ne te fais jamais de souci pour moi.

Je la prends dans mes bras et me lève.

— Je vais prendre une douche, dis-je. Toi, il faut que tu dormes. Appelle ton travail pour dire que tu es malade, demain. Je ne veux pas que tu bosses après seulement trois heures de sommeil.

— Oui, maître, murmure-t-elle.

Je tire les draps pour qu'elle se couche, et elle s'accroche à mon tee-shirt pour m'embrasser.

— Charlie ?

— Oui, petite mortelle ?

— Si tu es fâché contre moi, contente-toi de me punir, d'accord ?

Je fronce les sourcils.

— Je ne suis pas fâché contre toi.

— La prochaine fois, je veux dire. Ne disparais pas. Je n'aime pas qu'on m'abandonne. Je préfère que tu restes, quitte à ce que tu me cries dessus ou que... tu sais.

Elle bat des cils.

— Que je t'attache et que je fouette tes jolies fesses ?

Elle glousse et agite les fesses en question. Je lui donne deux bonnes tapes, puis me penche pour embrasser chaque fesse.

— Ma douce petite mortelle, susurré-je, le torse gonflé.

Je lui enlève son jean et sa culotte avant de m'occuper de son tee-shirt, puis je dégrafe le corset qu'elle porte depuis une éternité.

— Tu es de nouveau privée de vêtements. Dans cette maison, tu restes toute nue jusqu'à nouvel ordre. Compris ?

Elle grommelle, mais je vois bien que ça lui plaît.

— Même quand tu dors ? me demande-t-elle.

— Oui, réponds-je d'un ton ferme. Même quand je dors. Si tu me désobéis, tu seras sévèrement punie.

— Mais ça ne te punit pas par la même occasion ? Vu que tu ne peux pas...

Je pose mon index sur ses lèvres.

— C'est une torture exquise.

Je la laisse et me rends dans la salle de bains pour me laver de tout ce sang. J'allume l'eau et me débarrasse de mes vêtements sales. Je me mets dans la baignoire et laisse le jet m'inonder, les yeux fermés.

J'entends la porte s'ouvrir et me dis qu'elle veut sans doute se brosser les dents avant de dormir, mais le rideau de douche s'ouvre, et elle me rejoint.

— Je n'ai pas envie d'être seule, dit-elle d'une petite voix.

Mon cœur sans vie se serre, et je lui ouvre les bras.

— Viens là, petite fée.

CHAPITRE 12

*A*nka

Il l'avait quittée.

Une panique inédite montait en elle, menaçant de la submerger.

Non. Pas Charles. Charles ne la quitterait jamais. Il l'aimait. Il était le seul à connaître et à aimer la véritable Anka, avec ses défauts. Il acceptait son orgueil, son ambition, son manque d'assurance passager. Il était son roc.

Mais Anaïs venait de la prévenir qu'il s'était mis en couple avec Madame d'Olivier, s'alliant délibérément à sa plus grande rivale.

D'un geste du bras, elle renversa tout ce qui se trouvait sur sa coiffeuse, et les flacons de parfum et articles de toilette en tout genre volèrent à travers la pièce. Comment était-ce possible ? Elle allait le tuer. Un pieu dans le cœur. Non, pire, elle le torturerait. Elle le maîtriserait avec des chaînes d'argent et le mettrait en cage dans sa chambre, le forcerait à la regarder coucher avec ses clients.

Mais cette idée la rendait malade. Elle l'avait trompé, après tout.

Maudit soit-il. Pourquoi fallait-il qu'il se matérialise dans sa chambre pile quand elle était au lit avec un jeune homme ? Un riche adonis, en plus, qui la payait pour qu'elle lui apprenne à donner du plaisir aux femmes. Elle s'était attendue à ce que Charles se mette en colère. Une part d'elle l'avait peut-être même espéré, comme la preuve de son amour pour elle. Elle s'était dit qu'elle serait obligée de défendre le jeune homme des instincts meurtrier de Charles, s'était imaginé une scène théâtrale où elle aurait dû jouer de ses charmes pour l'amadouer.

Elle avait peut-être même espéré qu'il la rouerait de coups de cravache.

Mais la quitter ? Ah, ça non !

Des larmes d'amertume lui brûlaient les yeux. Elle le détestait. Comment pourrait-elle vivre sans lui ? Elle ne comptait plus pour personne, désormais. Personne.

Elle jeta un pichet en argent sur son miroir, qui se brisa en mille morceaux.

Maudit soit-il.

Il allait le payer. Elle montrerait à Madame d'Olivier et à son traître de vampire de quel bois elle se chauffait.

Elle canalisa toute sa colère et son chagrin, rassembla ces émotions dans ses entrailles et les fit remonter le long de ses bras, jusqu'à ses mains. Elle s'imagina Charles au lit avec cette garce et jeta son sort, frappant le sexe du vampire d'une malédiction plus puissante que toutes celles qu'elle avait jetées jusqu'à présent, le punissant éternellement de l'avoir rejetée.

Elle s'enveloppa dans un peignoir et le noua dans un geste brusque.

— Adieu, Charles. Tu ne prendras plus jamais de plaisir avec une autre femme, aussi longtemps que tu vivras.

~

Aurélia

Je m'assois dans mon lit, tremblante.

Anka. Et le sort.

Pourquoi rêvé-je d'être Anka ? Pour aider à guérir Charlie ?

Je me pelotonne dans les draps, comme s'ils pouvaient chasser la sensation glacée qui me tenaille. Chaque fois que je réfléchis à la question, je sais que ce n'est pas la vraie raison. Cette émotion. La panique qu'a ressentie Anka quand le vampire l'a quittée m'est très familière. Elle est identique à celle que j'ai vécue la nuit dernière. J'avais trouvé que mon angoisse face à sa disparition était exagérée, mais je comprends mieux, à présent. Au fond de moi, je connais la vérité. Mince. Je l'ai toujours connue. Je suis tombée amoureuse bien trop vite. Je lui ai fait confiance trop pleinement. Ma souffrance est disproportionnée par rapport à la situation.

Charlie ne m'a pas trouvée par hasard. Je *suis* Anka. Ou en tout cas, je l'étais dans une autre vie.

Je le ressens dans mes tripes.

Cette idée me terrifie. Comment ai-je pu lui faire une chose aussi horrible ? Et que se passera-t-il s'il l'apprend ? Il commence à peine à me faire confiance, à se livrer et à me montrer ses faiblesses. Comment pourrait-il me pardonner pour ce qu'Anka lui a infligé ?

Je sors du lit et me rends dans la salle de bains, les jambes tremblantes. J'allume la douche et me place sous le jet, engourdie.

Je n'ai jamais beaucoup pensé au karma. Ma grand-mère me disait de croire aux vies antérieures, et j'y crois, mais comme un concept qui ne me concerne pas directement. Je sais que je suis venue au monde avec des caractéristiques. Des choses que mes expériences ne suffisent pas à expliquer. Certaines personnes ont une peur panique de l'eau ou de s'étouffer. D'autres haïssent les hommes ou les enfants qui crient. Certains ont toujours la sensation de manquer de temps.

Ma grand-mère disait que les gens de notre vie présente sont les mêmes que ceux de nos vies antérieures. Les membres de notre famille sont recyclés dans d'autres rôles. Les amants deviennent les parents, les enfants deviennent les frères et sœurs. J'ignore comment ça fonctionne avec un immortel, mais je suis certaine que Charlie est revenu dans ma vie pour une bonne raison. Et le guérir est le seul moyen d'arranger le déséquilibre karmique qu'Anka a créé.

Je soupire et coupe l'eau. Maintenant que j'ai vécu la façon dont elle a lancé son sort, serai-je capable de le rompre ?

Je me replonge dans les émotions du rêve : colère, jalousie, trahison, chagrin. Puis je tente d'aspirer le morceau de ces émotions qui est fiché en lui, comme si j'étais un aimant.

Je halète en sentant le morceau d'émotion bouger, bondir et frémir. Charlie gémit dans la chambre.

Cela lui fait-il mal ?

J'intensifie mes efforts alors que de la sueur commence à perler sur ma lèvre supérieure. Ma concentration est totale. Le morceau d'émotion continue de trembler. Charlie pousse un cri de douleur qui me déconcerte. Le lien se brise, et le bouchon à l'intérieur de lui se fige à nouveau. Ma tête me lance en protestation, et je m'adosse au mur de la salle de bains, épuisée. J'ouvre la porte et commence à m'habiller avant de me souvenir de l'interdiction de Charlie.

Je jette un œil au réveil. Mince ! J'ai oublié de me faire porter pâle. Je ramasse mon téléphone, m'enroule dans la serviette et me rends dans le salon pour appeler le travail.

— Allô, Édith ? dis-je d'une voix faible. Bonjour, c'est Aurélia. Je suis désolée, j'ai vomi toute la nuit, et je viens de me réveiller. Je ne sais pas si c'est une intoxication alimentaire ou une gastro, mais je crois que je devrais rester chez moi aujourd'hui pour ne pas contaminer les enfants.

— D'accord, soupire-t-elle. Bon rétablissement.

— Merci. Et je suis désolée, j'aurais dû appeler et laisser un message hier soir quand j'ai commencé à avoir des symptômes.

— Oui, ça aurait été sympa. Je vais avoir du mal à trouver un remplacement, là.

— Si je me sens mieux cet après-midi, je viendrai, dis-je, rongée par la culpabilité.

— Non, tu as raison. Si c'est la gastro, il ne faudrait pas que les enfants l'attrapent. Reste à la maison, et tiens-moi au courant.

— D'accord, je n'y manquerai pas. Merci.

Je mets fin à l'appel et retourne dans ma chambre. Je regarde mon vampire endormi en me mordillant l'intérieur de la joue. Il ne se réveillera sans doute pas avant des heures. Techniquement, je pourrais sans doute enfiler des vêtements et les enlever avant son réveil. En plus, il a dit que je devais être nue *à l'intérieur* de l'appartement, ce qui signifie que j'ai le droit de m'habiller pour aller jardiner. S'il me surprend avec des vêtements à l'intérieur, je pourrai simplement dire que je viens de rentrer.

Mais non, je n'aime pas jouer sur les mots. Et lui obéir a

quelque chose de coquin. J'ai envie de jouer le jeu... jusqu'à un certain point. Je garde ma serviette, en me disant que ce n'est pas un vêtement.

Je me replonge dans mes études et termine l'un des livres de magie, avant d'en entamer un autre. Jusqu'à présent, ces ouvrages ne m'ont rien appris sur la façon de débarrasser Charlie de ce terrible sort.

— Qu'est-ce que tu portes ?

Je lève les yeux de mon livre et vois Charlie appuyé à la porte, l'air détendu. Son visage a gardé des couleurs après le sang qu'il a bu hier, et je réalise qu'il a dormi beaucoup moins longtemps que d'habitude.

— Pas de vêtements, réponds-je en levant les bras pour le lui prouver.

— Debout.

Je me lève, la serviette coincée sous mes aisselles.

— Laisse tomber cette serviette.

Je me retiens de sourire, car je savais qu'il me donnerait cet ordre-là, et un frisson d'excitation me parcourt. Je lève les bras et laisse la serviette tomber à mes pieds.

Charlie croise les bras et m'observe d'un œil critique. À présent, je sais que c'est du théâtre : son rôle de maître. Le vampire n'est pas l'ordure qu'il prétend être.

Il décrit un cercle avec son index et ajoute :

— Tourne sur toi-même.

Je pivote lentement, tout en regardant par-dessus mon épaule. Le simple fait qu'il me regarde ainsi, comme s'il jugeait mes attributs tel un morceau de viande, me fait mouiller.

— Tu aimes bien t'exhiber devant moi, remarque-t-il avec un petit sourire.

— Qu'est-ce qui te fait dire ça ?

Ma voix n'est pas aussi ferme que je l'aurais voulu. Il

avance lentement, et donne une pichenette à l'un de mes tétons, puis à l'autre.

— Tu pointes vers moi, répond-il d'un air suffisant.

Je remarque la bosse dans son jean, et une vague de culpabilité me submerge. Comment le regarder dans les yeux, maintenant que je sais que j'étais Anka ?

Charlie me prend par les cheveux et me renverse la tête en arrière.

— Tu as porté des vêtements, aujourd'hui, m'accuse-t-il.

— Non.

— Arrête de me mentir, je perçois ta culpabilité.

Les poils de mes bras se dressent alors qu'une bouffée de remords encore plus puissante m'étouffe.

— Tu... tu sens ces choses-là ?

— Mmmm. J'ai bu ton sang, petite mortelle. Tu ne peux plus rien me cacher, désormais.

Les idées fusent dans ma tête.

— Tu as raison, mens-je. Je suis désolée. Mais je me sentais trop mal à l'aise, toute nue.

Il penche la tête sur le côté et me dévisage comme s'il reniflait mon mensonge.

Je m'efforce de penser à quelque chose de sexy pour lui faire passer l'envie de m'interroger davantage.

De ma plus belle voix d'écolière innocente, je demande :

— Tu vas me punir ?

Je ne sais pas si ça l'excite, mais moi, en tout cas, je suis toute mouillée à cette idée.

Il doit sentir l'odeur de mon désir, car il glisse un doigt entre mes jambes pour effleurer mon entrée.

Tout mon corps se contracte.

— Mmm... sensible.

— Charlie...

— Oui ?

Je ne sais pas ce que je comptais dire, en prononçant son nom de cette voix implorante. *Je suis désolée. Je t'en prie, pardonne-moi. Je veux me racheter.* Je ferme les yeux. Même mon plaisir est gâché par son incapacité à le partager avec moi.

À cause de *moi*.

J'ouvre les paupières.

— Pourquoi est-ce qu'on fait ça ? demandé-je, sans la moindre trace de mon ton enjoué. Je ne veux pas te voir souffrir.

Son expression devient plus dure. Il couvre mon sein d'une main possessive.

— Tant pis pour toi, réplique-t-il en me contournant. Parce que moi, j'adore te torturer.

Je prends une inspiration, tous mes nerfs éveillés dans l'attente de sa prochaine caresse.

— Je suis à toi, susurré-je.

— Joins les mains au-dessus de ta tête, m'ordonne-t-il.

J'entrelace mes doigts ensemble et les pose sur le haut de mon crâne, mes seins bombés pour son inspection. Il finit de me tourner autour et me pince les deux tétons, les tordant jusqu'à ce que je gémisse de douleur. Il les lâche brusquement et me donne une claque sur un sein.

— Si tu désobéis, tu es punie, annonce-t-il.

— Oui, maître.

Ma peau me picote là où il m'a frappée, et mes tétons sont toujours douloureux après avoir été pincés.

— Écarte les jambes.

J'obéis, et je me sens encore plus vulnérable qu'avant, maintenant que mes seins et mon sexe sont offerts à ses tortures.

Il me donne une tape sur le sexe, sa main s'abattant gracieusement sur ma chair sensible.

Je sursaute et serre les jambes pour me protéger.

Il me donne plusieurs claques sur les fesses.

— Vilaine fille. Je t'ai dit d'écarter les cuisses.

Je déglutis et me remets en position.

— Tu n'as pas intérêt à bouger pendant que je te punis. Au moindre geste, les choses deviendront beaucoup plus désagréables pour toi.

Sa sévérité me donne des papillons dans le ventre, et une vague de chaleur inonde mon intimité. Il soutient mon regard et frappe mon sexe encore et encore.

Je gémis. Mes jambes flageolent. La douleur attise mon désir. Mon sexe en veut plus, même si je grimace sous chaque claque.

— Tu aimes que je te frappe la chatte, Aurélia ? me demande-t-il sur un ton séducteur.

Je secoue vivement la tête.

— Ne mens pas, rétorque-t-il d'un air amusé. Tu es trempée. Tu veux que je te frappe jusqu'à ce que tu jouisses, hein ?

Je laisse échapper un petit gémissement, sans savoir si je veux dire oui ou non.

Il se place derrière moi et m'ordonne :

— Penche-toi.

Je me penche en avant, mais j'ai du mal à garder l'équilibre tout en ayant les mains sur la tête, et l'un de mes genoux cède.

Charlie me rattrape par la taille de ses mains puissantes et assurées.

— Tu peux poser les mains sur tes genoux, me dit-il comme s'il m'accordait une faveur.

— Merci, maître.

J'échoue à me montrer sarcastique. Je parle comme une

vraie soumise, impatiente d'être touchée par mon dominateur, que ce soit pour recevoir de la douleur ou du plaisir.

Toujours derrière moi, il abat la main sur mon sexe, et son avant-bras frappe mon anus une demi-seconde avant que ses doigts s'écrasent sur mon clitoris.

Je pousse un cri de surprise.

— Vilaine, très vilaine fille, dit-il en me donnant une tape à chaque mot.

Une vague de désir étourdissante me submerge, troublant ma vision.

— Tu te souviens quand je t'ai fessée jusqu'à ce que tu jouisses, Aurélia ?

Je n'arrive pas à parler tout de suite, sous le coup de ses assauts répétés. Au bout d'un moment, mon cerveau embrumé réalise qu'il m'a parlé.

— Oui, maître, réponds-je dans un murmure.

— Comme la dernière fois, je continuerai de te frapper jusqu'à ce que tu jouisses. Sauf qu'aujourd'hui, tu n'auras pas le droit de te caresser.

Je lâche un sanglot, sur le point d'exploser.

Il me saisit par la hanche gauche et me frappe de sa main droite, me punissant et me donnant du plaisir à chaque claque ferme.

— Oh... Oh, Seigneur ! Oh, s'il te plaît ?

Il semble comprendre où je veux en venir, car il se met à frapper encore plus fort, plus vite, et à la quatrième claque, j'atteins les sommets. Mon sexe se contracte, et je tombe presque à la renverse. Charlie me rattrape, un bras autour de ma taille pendant qu'il continue de me frapper pendant mon orgasme.

Charlie

Je rattrape Aurélia quand ses jambes cèdent et qu'elle atteint une jouissance exquise. Si les Jeux Olympiques avaient un concours d'orgasmes, Aurélia remporterait la médaille d'or. Être capable de s'accorder un tel plaisir était un véritable talent. Non, un art.

Quand elle se remet de ses émotions, je mets fin à sa fessée et j'admire la jolie silhouette alanguie sur mon bras. Ses cheveux tombent comme un voile autour de son visage, et ses doigts touchent presque le sol.

Je la redresse et la tourne vers moi, avant de l'étreindre.

Elle passe les mains autour de ma taille et colle sa joue à mon torse, toute tremblante.

Je lui embrasse le sommet du crâne.

— Ma douce petite mortelle, susurré-je avec tendresse.

Je t'aime. Je ne m'autorise pas à prononcer ces mots à voix haute, mais je les pense sincèrement. Comment a-t-elle fait pour capturer mon cœur en si peu de temps ?

Je sens des vagues de plaisir émaner d'elle, et je réalise avec surprise que ça me suffit. Je n'ai pas besoin de jouir. Même si elle ne parvient jamais à rompre le sort, j'arriverai à me satisfaire de son plaisir. Même la douleur dans mes bourses ne parvient pas à gâcher ce moment. En fait, j'accueille même cet élancement, je le savoure presque, peut-être un peu comme ma douce mortelle savoure les fessées que je lui donne.

Je lui soulève le visage et l'embrasse passionnément pour essayer de lui faire comprendre les sentiments que j'éprouve pour elle.

Sur la pointe des pieds, elle passe les bras autour de ma nuque et me rend mon baiser.

— Va enfiler une jolie tenue, je t'emmène dîner, dis-je quand nous nous séparons.

J'ai envie de la gâter un peu, ou de l'impressionner, comme un homme des cavernes qui veut montrer à une femme qu'il est capable de subvenir à ses besoins.

Ses yeux s'illuminent.

— Ah bon ? Super ! Je reviens tout de suite.

Elle se dirige vers sa chambre. Quelques minutes plus tard, elle passe la tête par la porte et demande :

— Tu dirais que tu es plutôt jupes, vu que tu viens du dix-neuvième siècle ?

Je souris. Le fait qu'elle veuille mettre une tenue qui me plaît me fait chaud au cœur.

— Si tu te basais sur mon époque d'origine, tu porterais une jupe ample qui traînerait par terre, alors non. Je préfère voir tes courbes, dis-je en mimant une forme de sablier.

Elle rit.

— Compris.

Elle disparaît à nouveau ;

— Aurélia ?

— Oui, maître ?

— Je vais chez moi pour me changer. Je ne veux pas que tu paniques en croyant que j'ai disparu.

Elle émerge pour me jeter une tong.

J'éclate de rire. J'ai beau adorer qu'elle se soumette, j'aime aussi sa fougue. Je me matérialise chez moi, prends une douche, change de tenue et regagne le salon d'Aurélia.

Quand elle sort de sa chambre trente-cinq minutes plus tard, j'ai le souffle coupé. Elle a mis le corset que je lui ai acheté sur un haut à manches longues moulant et un légèrement transparent. Un jean slim met en valeur ses jambes fuselées et ses petites fesses fermes, et des sandales à talons viennent ajouter une touche chic. Même avec le corset sexy, elle reste classe, et je pourrais l'emmener dans les meilleurs restaurants du monde sans qu'elle se sente mal à l'aise.

Elle s'est maquillée avec application. Le mascara lui agrandit les yeux, et le fard à joues accentue ses pommettes. Elle s'est bouclé les cheveux et les a relevés dans une bonne imitation de la mode de mon époque.

Je suis tenté de partir en courant. De me dématérialiser, au moins le temps de me reprendre. Elle avait raison à ce sujet : j'ai tendance à disparaître quand mes émotions me submergent. Quelle sagesse elle a, malgré son jeune âge ! Je retrouve ma voix et tente de m'efforcer de parler. Mais le sourire d'Aurélia s'efface, et elle semble assaillie par le doute.

— Je... je peux me changer, si tu veux. Je ne savais pas où on allait.

Je reprends mes esprits et réponds :

— Tu es superbe.

Je lui tends les mains, et elle s'approche dans un cliquète-ment de talons sur le parquet. Je lui prends le bout des doigts et l'embrasse sur la joue pour ne pas faire baver son rouge à lèvres. Elle porte du parfum, mais pas une fragrance synthé-tique, de celles qui me donnent mal à la tête. Quelque chose de sucré et de naturel. Parfait pour ma fée jardinière.

— Tu es la lumière personnifiée, lui dis-je.

Elle lâche un rire nerveux et tripote son corset.

— Il est bien mis ?

Je referme ma main sur ses doigts agités et lui murmure à l'oreille :

— Oui, ma belle. C'est parfait. Je suis content que tu le portes.

Un sourire illumine son visage, et je réalise à nouveau que son but était de me faire plaisir. Mon cœur mort se gonfle d'une émotion presque douloureuse.

Je me colle à elle et pose les mains dans le creux de ses reins pour l'étreindre.

— Où va-t-on ?

— C'est une surprise, réponds-je avec un sourire.

Je me dématérialise avec elle.

Le vent souffle sur ma chemise alors que nous réapparaissons. Nous nous trouvons sur une promenade bien éclairée au bord d'une falaise accidentée. En contrebas ; l'océan mousse sur les rochers.

Aurélia pousse une exclamation.

— On est où ?

— À Polignano a Mare, dis-je avec un accent chantant.

— En Italie ?

— En Italie, confirmé-je en lui faisant signe de me suivre. Viens, *bella mia*.

Aurélia s'accroche à ma main et me laisse la guider jusqu'au restaurant. Les salles illuminées sont creusées directement dans la falaise. Les yeux de ma fée captive sont écarquillés d'émerveillement alors que nous pénétrons dans le restaurant en forme de grotte. On nous place à une table douillette près de la rambarde de fer. Le vent joue avec les cheveux d'Aurélia.

— C'est épatant, murmure-t-elle.

Quand le serveur apparaît, elle baisse les yeux sur la nappe blanche.

Je commande en italien. Dès que le serveur disparaît, je la prends par la main.

— Pourquoi es-tu si nerveuse ?

Elle croise mon regard d'un air surpris, avant de rougir.

— Je ne sais pas, dit-elle en haussant les épaules. Je ne fréquente pas les restaurants chics, alors j'ai un peu peur de me tromper de fourchette, ou un truc comme ça.

J'éclate de rire.

— Allons. C'est un restaurant, pas un tribunal. Tu es la cliente. Tout le monde ici travaille pour toi. Tu comprends ?

Elle sourit et se détend. Elle me jette un regard par en dessous.

— C'est troublant, que tu sentes mes émotions.

Je lui fais un clin d'œil.

— J'ai de nombreux pouvoirs sur toi, petite. C'est pour ça que les vampires sont plus hauts que les humains sur la chaîne alimentaire.

Elle plisse le nez, et je me penche vers elle.

— Attention, esclave. On a beau être en public, je n'hésiterai pas à te punir.

Elle sait que je plaisante.

— Charliiiiie, proteste-t-elle.

Je lui adresse mon sourire de carnivore.

Le sommelier vient nous voir. En temps normal, j'aurais échangé avec lui sur les meilleures bouteilles, mais ce soir, je fais vite.

Aurélia regarde son verre de vin en se mordillant la lèvre. Je sens de nouveau l'angoisse monter en elle.

— Aurélia.

— Mmm ?

— Regarde-moi.

Elle lève les yeux, les sourcils froncés d'inquiétude.

— Cette soirée est pour toi. Alors, arrête de te tracasser pour le moindre détail, et amuse-toi.

— Mais...

Je lève la main.

— Ta place est ici. Avec moi.

Dès que j'ai prononcé ces mots, je sais que c'est la vérité. Sa place est avec moi.

Aurélia déglutit et hoche la tête.

Toujours en mode dominateur, je pointe son verre à vin du menton.

— Bois une gorgée. Sois sage.

Elle s'exécute et se détend en admirant la mer.

Je savoure son innocence, sa capacité à s'émerveiller face à un dîner chic. C'est la même femme qui n'a pas hésité à se défendre avec un pieu. Elle a du cœur. Tout le contraire de moi. Elle vit avec courage et compassion, se donne à fond pour les enfants avec qui elle travaille, elle s'offre à moi. Elle exige que je me donne plus pleinement à elle.

— Tu n'arrêtes pas de me regarder comme ça, observe-t-elle en me regardant sous ses longs cils.

— Comme quoi ?

Elle baisse timidement les yeux sur sa serviette.

— Comme si tu me trouvais belle.

Je souris.

— Si belle que c'en est douloureux.

Je porte un toast avec le vin que nous apporte le *cameriere*. Nous mangeons un *frutto del mare*, un risotto accompagné de fromage régional et de homard, avec du poisson si frais qu'il nageait sûrement encore deux heures plus tôt. À chaque bouchée, les cils d'Aurélia papillonnent. Elle oublie son trac et gémit comme pendant l'orgasme.

Au milieu du repas, je pose ma fourchette. Je sirote mon vin et me régale des petits bruits de plaisir de ma fée.

En dessert, nous mangeons une concoction crémeuse au citron qui fond dans la bouche. J'en ai déjà mangé, mais jamais volé sur les lèvres d'une douce mortelle. Je la prends par la nuque et goûte sa bouche. Sa langue danse contre la mienne, et je suis tenté de nous faire apparaître dans mon lit pour passer le reste de la nuit à la couvrir de *parfait al limone* et le lécher sur sa peau.

Quand je mets fin à notre baiser, Aurélia a les paupières

lourdes. Ses lèvres sont gonflées à cause de notre baiser passionné.

— Viens, dis-je dès que j'ai payé l'addition, et je la guide à travers le restaurant, jusqu'à la promenade. Dès que nous sommes dans un coin plus tranquille, je la serre contre moi pour goûter de nouveau à sa bouche sucrée. Mes crocs sont tranchants, alors je prends garde à ne pas la couper.

Quand j'ai terminé, je nous dématérialise. Nous réapparaissons dans ma chambre, mais seulement un instant, le temps d'attraper un gros manteau de fourrure.

— Charlie ? me demande-t-elle quand je l'enveloppe dans le vêtement.

— Chut, ma belle.

Elle se mord les lèvres, mais obéit. Une fois qu'elle est bien emmitouflée, je la serre contre moi et nous disparaissons à nouveau.

Nous nous matérialisons dans un coin sombre et froid du monde. Aurélia trébuche, mais je la rattrape.

— Où est-on, maintenant ? dit-elle avec un petit frisson.

— En Islande.

Elle jette un regard par la faille dans la roche qui nous abrite du vent. Nous nous trouvons sur une autre falaise, mais celle-là domine une plaine enneigée.

J'enlace Aurélia et m'assure que son manteau est bien fermé.

— Lève les yeux, lui murmuré-je à l'oreille.

Elle s'exécute et pousse une exclamation. Au-dessus de nos têtes, des tourbillons de lumière verts et bleus vacillent dans les airs. Le ciel tout entier est baigné de cette lueur impressionnante.

— Une aurore boréale ! s'exclame-t-elle. Charlie, c'est incroyable.

Elle essaye de se retourner, mais je ne la laisse pas faire.

— Continue de regarder. On ne restera pas longtemps.

La fourrure ne lui réchauffera pas les pieds. Je garde ma joue contre la sienne, mon corps collé au sien pour la couper du froid glacial.

— Je n'en crois pas mes yeux, chuchote-t-elle comme si elle se trouvait dans une église.

Je la comprends. Les aurores boréales sont à couper le souffle. À côté, les vitraux des cathédrales ressemblent à un coloriage d'enfant maladroit. Les lumières qui dansent devant nous sont une œuvre d'art sur le tableau du ciel nocturne.

— C'est tellement beau, dit-elle.

— La deuxième plus belle chose du monde.

— La deuxième ?

— Après toi et ta magie.

Elle secoue la tête, mais je ne mens pas.

Nous passons encore une minute à admirer l'aurore, puis Aurélia se met à passer d'un pied sur l'autre pour essayer de se réchauffer.

— Plus que dix secondes, l'avertis-je.

Elle arrête de bouger.

— Je n'ai pas froid, dit-elle en claquant des dents.

— Allez, ça suffit. Il fait trop froid.

En un clin d'œil, nous réapparaissons dans ma chambre.

— Ça valait le coup, dit-elle.

Je l'allonge sur mon lit et la débarrasse de la lourde fourrure. Je lui enlève ses chaussures et masse ses orteils gelés, avant de l'examiner. Elle a les joues rouges, mais ses yeux pétillent.

— C'était formidable. Une soirée inoubliable.

Ses pieds vont bien. Incapable de passer une seconde de plus sans la toucher, je lui grimpe dessus et laisse mon poids peser sur elle. Elle se réchauffera plus vite ainsi.

— Servir un vampire, ça a ses avantages.

— Je ne sais pas si les avantages compensent les conditions de travail atroces, répond-elle en riant.

— Je vais t'en montrer, des atrocités, rétorqué-je.

Ce n'est pas ma meilleure réplique, mais son pouls qui bat la chamade dans son cou me distrait. Je lèche sa peau et la suce jusqu'à ce qu'elle s'immobilise. Puis je commence à descendre le long de son corps tout en l'embrassant. Je sors ses seins du corset pour mieux les embrasser et les tourmenter.

— Charlie, gémit-elle en tirant mon visage vers elle.

Au début, je crois qu'elle veut m'embrasser à nouveau, mais elle tourne la tête et me présente son cou.

— Fais-le, dit-elle.

— Non.

Mais je halète, les crocs impatients.

— Charlie, s'il te plaît. J'en ai envie.

Avec un frisson, je succombe. Je fais glisser mes canines sur son pouls, et elle se fige en attendant la morsure. Elle n'avait pas prévu que je baisserais son jean et mon pantalon. Je place mon membre contre son entrée mouillée et la pénètre. C'est seulement à ce moment-là que je plante mes crocs dans sa chair.

Ses cris résonnent dans mes oreilles. J'aspire son sang chaud et savoureux tout en allant et venant en elle.

Et je vis une expérience encore plus belle que l'aurore boréale ou le sourire d'Aurélia quand elle a soufflé sa bulle en forme de cœur vers moi.

Elle m'ouvre son corps. Me donne son sang. Elle jouit autour de mon membre. C'est tout ce que je veux, et tout ce dont j'aurai jamais besoin.

Elle est tout ce qu'il me faut.

— Aurélia, susurré-je dans son cou. Mon Aurélia.

— Charlie.

Mes crocs me lancent, et je perce de nouveau sa peau, mais pas avant de lui dire :

— Tu m'appartiens.

Elle pense que je suis dangereux. Mais c'est elle qui est en mesure de me détruire. Car ce soir, nous nous sommes donnés librement l'un à l'autre, et à présent, je veux l'éternité avec elle.

CHAPITRE 13

*A*urélia

Je continue de m'entraîner sur mon sort dès que Charlie s'endort. J'essaye de rêver de la vie d'Anka à nouveau, mais la tenancière parisienne ne refait pas surface. Au bout d'une semaine d'efforts, je me résous à tenter la seule chose que j'évitais : essayer d'*être* Anka.

Je m'assois en tailleur au pied du lit et regarde Charlie dormir. Ses cheveux noirs sont ébouriffés, comme s'il venait de passer les doigts dedans, dans un look à la fois sexy et décontracté qu'il incarne si bien.

Je ferme les yeux et tente de me revoir dans ce rêve, de ressentir cette sensation d'amour perdu, cette colère.

Je ne prendrai plus jamais de plaisir avec une autre femme tant que tu vivras.

J'ouvre brusquement les yeux. J'ai peut-être trouvé la faille. Pour rompre le sort, il faut peut-être que Charlie couche avec *elle.* Avec Anka.

Cette idée me terrifie. Suis-je capable de devenir Anka en pleins ébats avec Charlie ? Et si oui, le remarquera-t-il ?

Je le regarde et sursaute.

Il a les yeux ouverts, et il m'observe.

— Qu'est-ce que tu fais, ma belle ? me demande-t-il avec douceur.

Je prends une inspiration. Plus je colle à la vérité, mieux c'est, surtout avec sa capacité à décrypter mes émotions.

— Je veux tenter quelque chose.

Il attend que je poursuive.

— Je veux essayer de rompre le sort pendant qu'on fait l'amour.

Il hoche la tête.

— D'accord.

— J'aurai peut-être un comportement qui ne me ressemble pas... Tu promets de continuer, quoi qu'il arrive ?

Il se hisse sur ses coudes.

— Comment ça ?

— Eh bien, euh... Tu es un amant très attentionné. Mais cette fois, tu pourrais peut-être m'ignorer, histoire que je fasse ce que j'ai à faire ?

Il rit.

— Je vois. Je ne ferai pas du tout attention à toi.

Il rampe vers moi, puis me saisit les bras avec sa vitesse vampirique et me couche sur le dos, avant de me grimper dessus.

— Mais j'ai le droit de te préparer à mon assaut, ajoute-t-il.

Il me baisse mon pantalon. Je lève les fesses pour l'aider, déjà alléchée par l'aisance avec laquelle il me maîtrise. Sa vitesse vampirique m'excite.

Il enlève mon tee-shirt et dégrafe mon soutien-gorge, qu'il jette par terre.

— Écarte les jambes pour moi, m'ordonne-t-il.

Je plie les genoux et les écarte.

Il s'installe entre mes cuisses et en prend une dans chaque main avant de pencher la tête et de me lécher. Sa langue fait le tour de mon clitoris, puis il suce mon bouton sensible.

Je halète, et tout mon corps s'éveille alors qu'il joue de moi comme d'un instrument.

Il me pénètre avec sa langue, me mordille les petites lèvres, me titille jusqu'à me faire perdre la tête.

— S'il te plaît, Charlie, dis-je en le tirant par les cheveux. Si tu n'arrêtes pas, je vais perdre toute ma concentration. Il faut que tu arrêtes.

Il lève la tête et sourit.

— D'accord, ma belle.

Il s'allonge sur moi et libère son membre de son boxer.

— Bon, alors je fais ma petite affaire, et toi la tienne, c'est ça ? me demande-t-il avec un clin d'œil.

Je cille. J'ai du mal à me souvenir de ce que nous étions en train de faire avant mon pré-orgasme.

— Ah, oui, dis-je d'une voix enrouée.

Il s'enfonce en moi dans un grand coup de reins. Je me cambre de plaisir, oubliant de nouveau mon plan.

— Fais ce que tu as à faire, petite fée, murmure-t-il avec affection.

Mon cœur se serre. Je n'ai pas envie de le perdre. Il est devenu toute ma vie en si peu de temps. Je serre les paupières et me remémore le rêve dans lequel, en tant qu'Anka, je couchais avec Charlie... non, Charles. Je tente de me mettre dans la peau d'Anka. De fouiller sa conscience afin de trouver les souvenirs qui s'y trouvent.

Une image apparaît. Je revois la chambre, le sol couvert des objets de la coiffeuse. Je ressens sa colère.

Puis, en tant qu'Aurélia, je m'adresse à ma vie passée.

Anka, Charles est là. Il est revenu vers toi.

La colère monte dans ma poitrine.

Punis-le. Il m'a fait du mal. Il recommencera.

Non, pardonne-le. Ta punition a assez duré.

Non !

La profondeur des ténèbres d'Anka m'effraye, et je me retire. Mais ensuite, je réalise que c'est justement de cette intensité que j'ai besoin. C'est le pouvoir qui se cache derrière le sort, même si cette noirceur est terrifiante. Je me souviens que l'un des livres de magie conseillait de se mettre en lien avec des guides spirituels ou son moi supérieur. Si j'ai un moi supérieur, il gouverne probablement Anka aussi.

Avant que je puisse creuser cette idée, Charlie me ramène à la réalité en se retirant.

— Ce n'est pas très agréable pour moi, dit-il.

J'ouvre les yeux et grimace.

— Désolée.

Il m'adresse son sourire en coin habituel.

— Tourne-toi, pour que je ne remarque pas à quel point tu ne t'amuses pas.

Je roule sur le ventre et lui jette un regard par-dessus mon épaule.

— Vraiment désolée.

— Chut, dit-il en m'embrassant la tempe. Je t'aime pour ce que tu fais.

Je plonge le visage dans les draps pour ne pas qu'il voie l'effet que ses mots ont sur moi. Il ne m'a pas dit *je t'aime* tout court. Il m'a dit *je t'aime pour ce que tu fais*. Ce n'est pas la même chose. Il y a une condition à cet amour. Il m'aime, mais seulement dans ce cas de figure. Et je suis censée me concentrer sur le sort à briser en ce moment même.

Il me pénètre par-derrière, et cette douce sensation me fait gémir.

Je suis les indications du livre et convoque mon moi supérieur en l'imaginant sous la forme d'une boule de lumière qui m'entoure.

Charlie siffle.

Je tourne brusquement la tête pour le regarder.

— Ça va, me dit-il. Continue. C'est juste un peu chaud, c'est tout.

Bon, au moins je sais que j'ai accompli quelque chose.

S'il te plaît, aide-moi à rompre le sort, imploré-je la boule de lumière.

Anka apparaît instantanément dans mon esprit, et sa colère me comprime la poitrine. Pourtant, au même moment, je sens mon moi supérieur me baigner de lumière, repoussant les ténèbres opaques.

Tu as envie de ressentir ces émotions ? demande mon moi supérieur à Anka.

Mais il...

Tu veux ressentir ces choses ?

Non, m'écrié-je dans ma tête.

Non, répond enfin Anka.

Alors, libère-le, encourage notre moi supérieur.

Quelque chose se détend dans ma poitrine. Je prends une inspiration tremblante.

Charlie se retire à nouveau.

Je roule sur le dos, pleine de culpabilité.

— Je sais que c'est horrible.

Il hausse les épaules.

— Pas horrible, non, dit-il, même si je vois à son expression qu'il commence à perdre patience.

— Tu me laisses te sucer ?

Il hausse à nouveau les épaules.

— Je t'en prie.

Il s'allonge à côté de moi, et je rampe sur son corps pour le prendre en bouche. Je sens mon propre goût sur ma langue alors que je lèche son gland. Je ferme les yeux et retourne dans la chambre d'Anka. Elle prend le dessus et se met à sucer Charlie avec un doigté que je ne peux que rêver d'atteindre.

Il gémit de plaisir, et une certaine satisfaction monte en moi. Pas seulement la mienne, mais aussi celle d'Anka.

Libère-toi, lui dis-je.

Je la sens hésiter, tiraillée entre la satisfaction de faire le bien et la puissance offerte par les ténèbres, entre le plaisir et la douleur. Je tente de rester en arrière-plan, consciente qu'il s'agit du choix d'Anka, pas du mien.

Elle semble vaciller entre le bien et le mal, comme pour goûter aux deux concepts.

Une émotion submerge mon moi antérieur. Des larmes se mettent à me couler sur les joues, mais ce ne sont pas des larmes de souffrance. Plutôt des larmes de joie. Anka prend profondément le sexe de Charlie dans sa gorge, dans un geste qui me stupéfie tant je l'aurais cru impossible.

Je suce avec force. Puis je réalise qu'Anka a pris sa décision. Elle le débarrasse de son sort.

Charlie ondule des hanches et pousse des petits cris de douleur. Ou de passion ?

Soudain, quelque chose de terrible – de lourd et noir – me fonce dans la bouche. Je tombe en arrière dans un bruit sourd.

Charlie pousse un cri de douleur et convulse.

Envoie tout ça vers la lumière, entends-je, et je me mets à tousser. La noirceur quitte mes lèvres dans un flot informe et violacé. Les ténèbres tourbillonnent vers la lumière, puis disparaissent ;

Tremblante et impatiente de finir le travail, je me concentre de nouveau sur le membre de Charlie, que je lèche des bourses jusqu'au gland, que je caresse de ma langue. Une goutte de liquide préséminal en sort. Mon cœur fait un bond, et cette fois, les larmes sont les miennes. Charlie est guéri. Anka l'a libéré de sa vengeance : mon amant lève brusquement la tête et se hisse sur les coudes, l'air choqué, comme s'il n'osait pas y croire.

— Oui, murmuré-je en levant la tête. Oui. Jouis pour moi, Charlie.

Le visage baigné de larmes, je le reprends en bouche, parcourue par une vague de pouvoir immense. Ce n'est pas le pouvoir maléfique de tout à l'heure, mais quelque chose de léger et joyeux.

~

Charlie

Le sperme monte dans mon membre. La douleur vive qui l'empêche généralement de quitter mon corps a disparu. D'habitude, j'ai l'impression que l'on essaye de m'arracher le sexe, mais à présent, une sensation incroyable me traverse, comme si un chemin s'était ouvert.

— Jouis pour moi, Charlie, me dit Aurélia, le visage brillant de larmes, le corps entouré d'un halo doré.

Mes muscles se contractent. Je la regarde enfouir mon sexe dans sa bouche chaude et mouillée pour le sucer, pour lui faire l'amour.

Le sperme monte un peu plus.

— Aurélia, dis-je d'une voix étranglée.

Elle me prend plus profondément et émet un bourdonnement, une vibration qui enchante mon membre.

— Aurélia, l'avertis-je encore.

Mais il est trop tard. J'éjacule dans une explosion de plaisir, les hanches en avant, et je pousse un cri d'extase et de surprise.

Je jouis et jouis, mon corps secoué par le plaisir.

Aurélia se retire et mon sperme éclabousse ses seins. Elle a le visage radieux, un grand sourire au visage.

Je la prends dans mes bras et la serre contre moi, le nez contre la veine de son cou.

— *Pardonne-moi, Charles.*

C'est la voix d'Aurélia, mais elle a prononcé ces mots en français.

C'est quoi ce bordel ?

Mon corps se fige, sous le choc. Qu'est-ce que c'est que cette histoire ?

Cent ans de colère déferlent sur la femme qui a foutu ma vie en l'air.

Je m'assois et lève la main pour la gifler. Mais même si j'étais sûr que c'était Anka, je ne pourrais pas la frapper.

Je l'aime toujours, cette sale sorcière.

Mon corps est parcouru par des courants chauds et froids, et quand je cligne des yeux, je crois voir les yeux noirs d'Anka m'observer depuis le beau visage d'Aurélia.

Je prends plusieurs grandes inspirations pour me calmer.

Que vient-il de se passer ?

Je souffle lentement et m'efforce de me détendre. Aurélia a-t-elle fait appel au fantôme d'Anka ?

Bon sang, il faut que j'éclaircisse tout ça.

Charlie

Aurélia passe un tee-shirt au-dessus de sa tête. Son expression dévastée me déchire la poitrine, mais je m'abstins de lui offrir du réconfort. Je ne sais même pas si je lui fais confiance.

— Que vient-il de se passer ?

Je perçois sa culpabilité, et mon corps se glace.

Les larmes lui montent aux yeux.

— Je... je ne sais pas. Je crois que je suis Anka. Réincarnée.

Non. Impossible, putain.

Pas Aurélia. Pas ma douce fée soumise.

— *Non,* rugis-je.

Je pousse sa commode, qui se renverse et cogne contre le mur.

— Non, répété-je, comme si mon insistance pouvait changer les choses.

Elle ne parle pas et se contente de m'implorer du regard, les lèvres tremblantes.

— Tu le sais depuis combien de temps ?

Ses yeux s'embuent.

— Une semaine environ. J'ai essayé de trouver toutes les pièces du puzzle. Je ne savais pas tout. Je voulais arranger les choses, Charlie.

Une colère brûlante me force à plier les doigts. Sans même réfléchir, je me dématérialise. Quand je réapparais, je suis toujours dans son appartement, dans la cuisine. Comme si mon corps et mon subconscient refusaient de la laisser, cette fois.

J'entends un sanglot dans la chambre.

Aurélia. Son visage chagriné juste avant que je me volati-lise est gravé dans ma mémoire. Mais c'est Anka. J'ai le cœur lourd. *Tu t'es encore volatilisé ! Tu me fais le coup à chaque fois, et tu me laisses toute seule à me demander ce que j'ai fait de mal.*

Je prends une inspiration. Bon sang. Elle mérite un au revoir.

Je regagne sa chambre.

Elle est debout au milieu de la pièce, l'air perdu.

Je la prends par les épaules.

— Il faut que je parte, Aurélia. J'ai besoin d'être seul.

— Tu reviendras ? me demande-t-elle dans un murmure.

Je la dévisage, l'estomac serré. J'ai du mal à retrouver ma voix.

— Je ne sais pas, réponds-je enfin.

La douleur dans ses yeux me contracte la gorge.

— Il faut que j'y aille.

Elle hoche la tête sans dire un mot.

— Ne me suis pas, ordonné-je.

Ses yeux sont brillants de larmes.

Je reste planté là comme un idiot. Il n'y a rien à ajouter. Je ne peux pas rester là, et pourtant, je n'arrive pas à partir.

Une larme roule sur ma joue.

Je ferme les yeux et me volatilise chez moi.

Eh merde. Je n'ai pas non plus envie d'être là.

Je réapparais dans le centre-ville, puis au sommet d'un parking à étages. Je contemple le paysage urbain et lutte contre mon envie de chasser et de tuer comme un jeune vampire. J'ai besoin de violence, de goûter à un sang bu sans le consentement de ma victime. Je reste parfaitement immobile pendant que la bête en moi se déchaîne.

Charlie

Je retourne dans ma chambre et ouvre le coffre incrusté dans le mur. J'en sors la boîte en bois que je garde depuis 1865. À l'intérieur se trouve le collier de rubis que j'ai acheté à Anka, celui que je comptais lui donner la nuit où je l'ai trouvée avec un autre homme. Je l'ai gardé toutes ces années, tel le symbole de la duplicité des femmes. De la duplicité du monde entier.

Je le sors de la boîte et le regarde à la lumière. Je me rappelle à quel point j'étais content de ma trouvaille, car Anka adorait les bijoux. Je ferme le poing sur les pierres précieuses, la douleur de sa trahison si fraîche que je sens encore son odeur, le satin de ses draps sur ma peau.

Anka ne peut pas être Aurélia. C'est impossible. Elles n'ont rien en commun, à part leur pouvoir. Aurélia n'est pas guidée par l'ambition ou la fierté. Elle donne pleinement son cœur. Elle donne sans rien demander en retour.

Mais comment pourrais-je être avec elle en sachant qu'elle a été Anka ? Et si Anka se remettait à me parler à travers elle ? Je risquerais de lui faire du mal. Ma main m'a démangé de l'étrangler !

Je suis libéré de mon sort, je devrais être en train de fêter ça. Quelle ironie, d'être guéri et de découvrir que la seule femme à laquelle je veux faire l'amour est ma pire ennemie.

Non. Je ne vois pas comment je pourrais être avec elle sans la détester pour ce qu'elle a fait. Pour ce qu'elle est.

Aurélia

Je déambule dans les rues du centre-ville, l'estomac serré par une terrible angoisse.

Ça fait trois jours. Trois jours, purée, et Charlie n'est toujours pas revenu. Depuis son départ, je suis dans le brouillard, j'essaye de ne pas réfléchir. Je suis coincée dans un enfer interminable d'espoir et de chagrin. Je vois Charlie où que je pose les yeux : sur les fenêtres couvertes de planches, la commode renversée, le lit, le canapé, la cuisine.

Au travail, je me souviens de la façon qu'il a eue d'apaiser Tommy. J'ai eu tort de me méfier de lui. Je repense à ses regards glacés, à ses sourires sardoniques, à son arrogance feinte.

Anka ne revient pas, mais quelque chose en moi a changé. Je semble parler couramment français, déjà. Et je me sens plus sage, comme si j'avais absorbé l'expérience de la vie d'Anka pour devenir une « vieille âme ».

J'ai fini de lire les livres que m'a achetés Charlie, et ma magie est devenue encore plus puissante, peut-être aussi grâce à l'intégration d'Anka. J'ai fait du jardinage, dirigeant la lumière de mes mains pour aider les plantes à grandir. Elles ont doublé de volume en seulement deux jours.

Mais je ne peux pas continuer d'attendre Charlie.

Je dois le retrouver. Le convaincre qu'Anka n'est plus là, que je ne lui ferai jamais de mal. Je ne pourrais pas supporter qu'il ne revienne jamais. Il faut que je me batte pour lui, même si j'ignore comment se passerait une relation de couple avec un vampire.

Je passe devant l'Éclipse, mais je ne vois aucune trace de lui ou des autres vampires. Seulement les grands motards tatoués : les métamorphes. Et je doute qu'ils se soucient de la disparition d'une « sangsue ».

Ma seule piste, c'est la cachette secrète de Charlie. Le bunker de Sombrero Peak. Il me faut une voiture.

Avec un soupir, je sors mon téléphone et appelle Gwen.

Aurélia

— C'est trop cool ! s'exclame Gwen.

Je pianote sur la fausse marguerite placée dans le porte-gobelet de sa Volkswagen Coccinelle et m'enfonce dans mon siège. Je n'ai pas besoin de répondre à Gwen. Elle pousse ce genre d'exclamations depuis le début du trajet. Elle croit que c'est une « escapade entre filles » et qu'on part « à l'aventure ». Elle a même apporté un panier à pique-nique et un plaid à carreaux rouges et blancs. Toute sa vie ressemble à une suite de photos postées sur Instagram, mais je ne crois pas qu'elle joue la comédie. Je crois qu'elle est vraiment aussi gentille qu'elle y paraît.

Je serais d'humeur à jouer le jeu, si je ne me faisais pas autant de souci pour Charlie.

— Tourne à gauche, dis-je.

Je reste bouche cousue pendant le reste du trajet. Sombrero Peak apparaît au milieu du désert couvert de cactus. Je ne sais pas exactement où se trouve le bunker de Charlie, mais j'espère trouver une route privée à l'air vaguement officiel.

Je garde cette image en tête, et quand nous atteignons le pied de la montagne, je trouve pile ce que je cherchais.

— Là, dis-je en montrant un chemin de terre.

Une pancarte rouillée nous interdit de passer.

— Tu es sûre ? me demande Gwen.

Mais elle suit déjà mes indications. Sa Coccinelle jaune

parcourt la route, soulevant des volutes de poussière. Sa pauvre voiture va en être couverte. Je me fais la promesse de lui payer un passage à la station de lavage à notre retour en ville.

La route s'arrête devant une énorme pancarte jaune et noire avec un symbole nucléaire.

— Voilà, c'est ici. Tu peux t'arrêter, dis-je.

— D'accord, répond Gwen d'une voix incertaine, mais elle se gare. C'est là que tu veux pique-niquer ?

— Euh... non.

L'espace d'une seconde, je regrette de ne pas avoir le pouvoir d'hypnotiser les gens, comme les vampires. Mais je n'ai pas envie de faire ça à Gwen.

— Tu peux me rendre un service ? Un énorme service. Je veux que tu me laisses ici et que tu rentres.

Je sors déjà de la voiture. Quelque chose me dit qu'il faut que je me dépêche.

Gwen ouvre la fenêtre du côté passager en se mordillant la lèvre.

— Mais, et toi, alors ? Comment tu vas rentrer ?

— Mon ami me reconduira, dis-je en montrant vaguement la direction de la pancarte nucléaire.

— Quel ami ? demande-t-elle d'un ton soupçonneux.

— Un homme. Tu te souviens quand je t'ai parlé de Charlie ?

Elle prend une expression plus enthousiaste.

— Oui !

— Il est très beau et mystérieux. Je crois qu'il est vachement riche, mais ça fait longtemps qu'il n'a pas été en couple, parce que la dernière femme avec qui il était l'a trahi.

— Oh, non.

Gwen gobe toute mon histoire. Et c'est tant mieux, car en fin de compte, c'est la vérité.

— Il est très solitaire et excentrique, c'est pour ça qu'il vit ici. Mais il m'a fait venir, l'autre soir.

Je prends une grande inspiration, et je poursuis :

— On a partagé une nuit merveilleuse, et je pensais qu'on était faits l'un pour l'autre. Il m'a même dit que ma place était avec lui. Mais ensuite, il a disparu.

Gwen hoche vigoureusement la tête.

— Il a paniqué et il s'est enfui. Il a peur de l'intimité. Il s'est confié à toi, et il sait que tu es La Bonne, mais il a déjà été blessé. J'ai lu un roman d'amour avec le même genre de héros, la semaine dernière.

— Euh, ouais. Voilà. Alors... je sais qu'on est faits l'un pour l'autre, dis-je sans réfléchir, persuadée que c'est la vérité. C'est le Destin. On est des âmes sœurs.

— Oh ! s'exclame Gwen en posant la main sur le cœur, des étoiles plein les yeux. Il faut que tu ailles le retrouver.

— Oui. C'est pour ça que je suis là. Tout ira bien, mais j'ai besoin de le faire seule.

— Bien sûr, dit-elle en hochant la tête. Va chercher ton chéri.

— Je le ferai. Promis.

Je referme la portière et recule. Je m'arrête et agite gauchement la main en espérant qu'elle comprenne le message.

— Protégez-vous ! s'écrie-t-elle avant de faire remonter la vitre.

Elle démarre en marche arrière, et une minute plus tard, elle a disparu.

Ça s'est mieux passé que prévu. Je me promets d'offrir d'autres romans d'amour à Gwen. Puis je tourne les talons et dépasse la pancarte pour m'enfoncer dans la montagne.

— Non, mais franchement, Charlie, grommelé-je.

Je m'abrite les yeux du soleil avec la main et regarde le

sommet devant moi. Le crépuscule approche, ce qui est une bonne chose. Je veux que Charlie soit bien réveillé quand je lui crierai dessus.

La nuit tombe, et je m'arrête pour former une bulle de lumière.

— Aide-moi à le trouver, murmuré-je à la bulle.

Un fourmillement me parcourt le corps, et je perçois la direction à prendre. Moins de cinq minutes plus tard, je tombe sur une plate-forme de fer. Le sommet du bunker.

Charlie se trouve là-dedans. J'en suis sûre.

De l'extérieur, le bunker n'est pas très impressionnant. Il n'y a que quelques plaques de métal enfoncées dans le sol. L'une d'entre elles a été repoussée pour révéler un escalier. Je trouve cela étrange, car Charlie est capable d'apparaître et de disparaître où il veut. Il n'a pas besoin de porte. Si la plaque est repoussée, c'est que quelqu'un d'autre se trouve à l'intérieur.

Prise d'un frisson, je descends les marches en courant.

— Charlie ?

En bas, une porte pend sur ses gonds, comme si quelqu'un l'avait cassée.

Oh non.

Je l'ouvre et me fige.

Les trois vampires du combat dans la ruelle sont rassemblés dans le salon et maintiennent Charlie. L'un d'entre eux porte un gant de cuir et a une espèce de coupe en argent à la main, qu'il presse contre le ventre nu de Charlie.

Ce dernier retient un cri, et j'entends sa peau crépiter, brûlée par l'argent.

— On peut continuer comme ça toute la nuit. Toute la semaine, même. Tu finiras bien par nous dire où se cache ta jolie petite fée.

— Va. Te. Faire. Foutre.

Le vampire frappe Charlie au visage avec la coupe en argent, qui laisse une nouvelle brûlure dans son sillage.

Je me couvre la bouche pour étouffer un cri.

Charlie m'aperçoit, et il écarquille les yeux. Avant même que je comprenne ce qui se passe, mon ventre est tiré sur le côté, comme s'il m'hypnotisait. Il ne va pas jusqu'au bout, cependant, car l'instant d'après, ses tortionnaires me repèrent à leur tour, et leur chef se précipite jusqu'à moi.

Je veille à ne pas le regarder dans les yeux, et je lui lance une boule de lumière. Mes pouvoirs sont plus impressionnants qu'avant. Cette fois, mon arme fait tomber le vampire à la renverse.

Charlie rugit et se débat entre ses deux ravisseurs.

— Aurélia, va-t'en ! m'ordonne-t-il. Laisse-moi !

J'envoie une autre boule de lumière à l'un des vampires qui le retient, et les quatre hommes poussent un hurlement de douleur.

Une idée me traverse l'esprit, mais avant que je puisse bouger, le vampire au gant se rue derrière moi et me soulève par la nuque, avant de me plaquer violemment contre le mur.

La douleur explose dans mon nez et ma joue.

Charlie rugit de colère.

Je tente de former une nouvelle boule de lumière, mais la brûlure de mon visage sollicite toute mon énergie.

Le vampire me tord les bras derrière le dos, maintenant mes deux poignets à une main, l'autre contre ma nuque.

— Aurélia !

L'angoisse dans la voix de Charlie me force à reprendre mes esprits.

Je compte pour lui.

Et je recommence à me battre pour le sauver. Le gorille qui me retient croit que j'ai besoin de mes mains pour faire de la magie, mais il se trompe. Je me représente Charlie entouré d'une bulle noire avec des parois trop denses pour être pénétrées.

— Aurélia, qu'est-ce que tu fais ? s'écrie-t-il.

Je fais apparaître la lumière la plus vive qui soit dans la pièce. Aussi vive que le soleil.

Des cris abominables retentissent, et ma peau me brûle à l'endroit où le vampire me tenait. Je serre les paupières, aveuglée par l'intensité du flash de lumière. Je me retourne, mais je ne peux rien faire, mes rétines brûlées par ma création.

— Aurélia ! Que se passe-t-il ? Fais-moi sortir de cette satanée bulle !

Les protestations furieuses de Charlie me ramènent à moi, et je le libère de la sphère noire.

Il se précipite vers moi, puis s'arrête net face aux piles de cendres qui se trouvent là où s'étaient tenus les vampires. Je le regarde avec des yeux ronds.

— Je les ai... tués ?

Charlie me regarde d'un air sombre.

— Oui.

— Je suis désolée, dis-je, même si ça n'a aucun sens.

Il me prend dans ses bras et me serre trop fort.

— Pas moi, réplique-t-il.

Puis il me relâche, comme s'il se rappelait qui je suis. Qui j'étais.

— Je t'avais ordonné de ne pas me suivre.

Je prends une grande inspiration et ferme la porte d'entrée.

— Je sais, mais il fallait que je te parle. S'il te plaît, Charlie, tu ne peux pas me tenir responsable d'un acte que j'ai commis dans une vie antérieure.

Quand il ne répond rien, j'ajoute :

— Ou peut-être que si, mais je te dis que je suis désolée.

Il continue de garder le silence et de me regarder avec une

expression qui me donne l'impression d'être morte à ses yeux. Mais je sais que je compte pour lui. Même sous la torture, il a refusé de me livrer. Il ressent forcément quelque chose pour moi, car il n'est pas du genre à se sacrifier pour n'importe qui.

J'essaye de m'expliquer :

— Je ne sais pas comment fonctionne le karma, mais je pense qu'on s'est recroisés pour que je puisse arranger les choses, pour combler le gouffre qui nous séparait.

Il déglutit et hoche la tête.

— Ça ne se reproduira plus... promets-je. Est-ce que c'est ce que tu crains ? Je ne te ferai jamais de mal.

Les muscles de ses mâchoires se contractent, comme s'il ne me croyait pas.

— S'il te plaît, Charlie, j'ai besoin de toi. Je n'ai jamais voulu avoir des pouvoirs. Tu es arrivé et tu m'as montré que la magie existait. Tu as révolutionné mon monde. Je ne peux pas faire ça sans toi.

Mes yeux débordent de larmes quand j'ajoute :

— Je veux redevenir ta petite fée. S'il te plaît.

Son expression est inébranlable.

— Viens là, me dit-il.

J'obéis. Il me prend par les cheveux et me tire la tête en arrière. Ses crocs s'allongent alors qu'il contemple mon cou. Au ralenti, il baisse la tête et passe une canine tranchante sur ma veine. Je me mets à haleter, le cœur battant.

Purée, est-ce que je le connais si bien que ça ? Est-il capable de me vider de mon sang pour se venger d'Anka ? S'il ne m'a pas dénoncée aux autres vampires, c'est peut-être parce qu'il voulait me détruire lui-même.

Il me relève la tête et me lâche dans un même mouvement fluide.

— Déshabille-toi.

Mes yeux se tournent vers les siens, pleins d'espoir. M'a-t-il pardonné ? Compte-t-il me torturer ? Peu importe. Je viens de le supplier de me laisser devenir sienne. Je veux lui prouver ma loyauté, ma confiance. Devenir sa soumise. Je me débarrasse de mes vêtements et les laisse tomber un par un à mes pieds.

Charlie me regarde, les yeux luisants.

— À genoux.

Mon estomac fait un bond. Un jeu. Notre jeu. Je me laisse tomber au sol.

— Les mains derrière le dos.

Je coince mes poignets derrière mes fesses et baisse la tête avec soumission.

Charlie s'accroupit à côté de moi et chasse les cheveux qui me tombent sur les yeux. Cette fois, je vois de l'émotion dans son regard, mais avant que je puisse déterminer laquelle, il fond sur moi et me couche sur le dos, sa main derrière ma tête pour qu'elle ne cogne pas par terre. Ses crocs percent mon cou, et il boit, la bosse dans son pantalon pressée entre mes jambes.

Une vague de soulagement, d'amour et de passion déferle sur moi. Je souffle et passe les jambes autour de la taille de Charlie. Je m'accroche à son cou et ferme les paupières pour me laisser envahir par le mouvement de son sexe contre le mien.

Le contact de son jean avec mes parties sensibles m'octroie un plaisir teinté de douleur. Plus il se frotte à moi, plus je veux qu'il continue. Je me laisse porter par cette sensation jusqu'à ce que je jouisse. C'est un petit orgasme, mais satisfaisant quand même.

Charlie lèche ma plaie pour la refermer.

— Je t'avais autorisée à jouir ?

J'ai des papillons dans le ventre. *Notre jeu.*

— Non, maître.

— Tu seras punie.

Je frémis, pleine d'excitation et de désir.

Il me fait rouler sur le ventre.

— Replie les genoux sous ton corps.

Je me hisse à quatre pattes.

— Je t'ai dit que tu pouvais t'aider de tes mains ?

Son ton autoritaire me met dans tous mes états. Je pose la tête et la poitrine contre le sol et laisse retomber mes bras le long de mes flancs.

— Écarte les fesses avec tes mains.

Je prends une grande inspiration, consciente de ce qu'il compte faire.

Je prends une fesse dans chaque main et les écarte pour lui offrir ma zone la plus intime.

Je l'entends ouvrir sa fermeture éclair. Je suis toute chose.

Il frotte son gland contre mon sexe, et je me détends, soulagée. Mais à peine a-t-il pénétré mon intimité mouillée qu'il se retire et pousse contre mon entrée de derrière, en se servant de mes fluides comme seul lubrifiant.

Mon anus se contracte.

— Tu es trop gros, dis-je d'une voix essoufflée. Tu ne passeras pas.

— Détends-toi, petite fée.

Il me passe un bras autour de la taille et m'avance les hanches, avant de me donner une claque sur les fesses. Je lâche mes fesses et pousse un cri en essayant de me rattraper avec les mains. C'est inutile. Charlie me maintient fermement au-dessus du sol alors qu'il me donne la fessée. Sa domination me fait mouiller davantage. Je reste immobile et savoure sa punition, consciente que nous en avons tous les deux besoin.

Il plonge les doigts dans mon sexe trempé et les essuie

entre mes fesses. Il introduit un doigt dans mon anus avant même que je réalise ce qu'il compte faire.

Je pousse une exclamation. La sensation est plus agréable que je l'avais anticipé.

Il pousse sur mon dos.

— Mets-toi sur les avant-bras, ma belle.

Je me mets en position et patiente alors qu'une gouttelette de sueur coule sur mon sein.

Il retire son doigt et pose de nouveau son gland contre mon entrée. La pression s'accroît.

Charlie

Je passe une main au-devant d'elle pour lui caresser le clitoris.

— Ouvre-toi pour moi.

Elle se soumet, fissurant le reste de mes barrières, de ma méfiance. Elle est agenouillée devant moi, les fesses en l'air, sa peau rougie par mes paumes.

Je caresse son clitoris et elle se détend, se cambre sous mes yeux.

Je presse mon membre contre son anus avec plus d'insistance.

— Ouvre-toi, Aurélia, lui conseillé-je à nouveau.

Elle se tient parfaitement immobile, et je continue de m'enfoncer dans son tunnel chaud et serré. Je la prends par les hanches et les tire en arrière pour l'empaler sur mon membre, puis je me retire et répète le même mouvement lent.

Aurélia gémit, un son à mi-chemin entre la protestation et l'encouragement.

— Donne-moi ton poignet, ordonné-je.

Elle me regarde par-dessus son épaule, déroutée alors qu'elle tend le bras derrière elle, en équilibre sur l'autre avant-bras.

Je lui saisis le poignet.

— Maintenant, l'autre.

Elle écarquille les yeux en réalisant ce que je veux. Elle est obligée de compter sur moi pour que je continue de la maintenir pendant qu'elle lèvera l'autre bras. Elle entame timidement son geste et tend la main derrière elle d'un air légèrement paniqué. Je serre ses deux poignets dans l'une de mes mains. Son torse flotte désormais au-dessus du sol. Si je la lâche, elle tombera tête la première. De mon autre main, je l'attrape par les cheveux et la tire en arrière.

Aurélia pousse un cri étranglé, mais l'odeur de son excitation est si forte qu'elle emplit la pièce. Elle en a autant envie que j'en ai besoin. Je vais et viens en elle, lui montrant que c'est le chemin de notre réconciliation.

Je fais des gestes lents et veille à ne pas être trop brusque. Les cris d'Aurélia deviennent plus insistants, et je commence à aller plus vite, sentant que mon éjaculation est proche et que désormais, je peux jouir.

Grâce à elle, ma douce petite fée mortelle.

Je me laisse aller et continue mes coups de reins, mon membre enserré par son canal étroit jusqu'à ce que je perde le contrôle et éjacule avec un grognement.

— Tu peux jouir, me souviens-je de dire.

Elle pousse un cri aigu et atteint l'orgasme à son tour. Je m'assois sur mes talons et la tire en arrière pour qu'elle se redresse également, avant de lui relâcher doucement les poignets et les cheveux. Je la soulève de mon sexe, et elle gémit et s'écroule sur moi, la tête renversée en arrière sur mon épaule.

Quand nous reprenons notre souffle, je parle enfin.

— Je ne sais pas quoi penser de tout ça, Aurélia, dis-je d'une voix lasse après des jours sans dormir. Mais ce que je sais, c'est que tu es mienne. Ça, rien ne pourra le changer.

Aurélia se met à trembler, et je la serre contre moi pendant que je hume l'odeur de sel émanant de ses larmes. L'intensité de ma réaction face à son chagrin balaye les derniers doutes que j'aurais pu avoir sur elle ou sur nous. Quelles que soient les épreuves que nous avons traversées, y compris Anka, je ne pourrai jamais la quitter.

~

Charlie

Anka ne peut plus me faire de mal, même si elle vit à travers Aurélia. Ma petite fée m'aime, et son cœur est assez grand pour guérir toutes les blessures. Mes yeux brûlent quand je l'embrasse, chassant mes dernières réserves. Je me lève, soulevant Aurélia de façon à ce que ses jambes enserrent ma taille, et je la porte jusqu'à la cabine de douche.

L'eau ruisselle sur nos têtes, chassant l'odeur de brûlé des vampires tombés en cendres. Savoir qu'Aurélia avait le pouvoir de me détruire ainsi, mais qu'elle a préféré se rendre, faire de moi son maître, m'emplit d'un amour presque douloureux.

J'enlève mon tee-shirt désormais trempé et le jette par-dessus la barre de douche. Je passe les mains sur les épaules d'Aurélia et admire les courbes magnifiques de son corps élancé. Je ramasse le savon et le fais courir sur sa peau, mousser autour de ses seins, entre ses fesses.

Je perds le contrôle et la plaque contre le mur, la clouant contre moi en glissant un genou entre ses cuisses.

— J'ai besoin d'être en toi, Aurélia, murmuré-je d'une voix sauvage. Maintenant que tu m'as libéré du mauvais sort, je risque d'avoir envie de toi dix fois par jour. Voire plus.

Elle ouvre la bouche et se cambre sous mes mains, sa peau dorée ruisselante.

Je plie les genoux pour la pénétrer, glissant en elle sans avoir besoin de préparer le terrain. Je glisse mes paumes derrière ses épaules pour amortir le choc, et je me mets à lui donner de grands coups de reins, la coinçant entre mon corps et les carreaux de la cabine de douche. Mes crocs s'allongent, et j'ai très envie de la mordre à nouveau, mais je me retiens, car je sais que je ne peux pas la boire à chaque rapport.

Le fait qu'Aurélia heurte le mur me paraît trop violent, alors je la prends dans mes bras et me sers de mes muscles pour la protéger de la force de ma passion.

Elle lève une jambe et la passe autour de ma taille, changeant l'angle de la pénétration. Je continue mes va-et-vient jusqu'à ce qu'elle halète :

— Je peux... ?

— Oui, réponds-je d'une voix étranglée.

Je perds le contrôle et atteins l'extase au même moment qu'elle.

urélia

Après la douche, Charlie nous fait apparaître chez moi. Quand il voit un bleu grandir sur ma joue, là où le vampire m'a écrasée contre le mur, il pousse un sifflement et montre les crocs. Il m'assoit sur le lit et disparaît. Je commence à protester, avant de l'entendre dans ma cuisine, en train d'ouvrir la porte du réfrigérateur. Il revient dans un mouvement flou avec une poche de glace enveloppée dans un torchon. Je recule instinctivement quand il essaye de toucher ma blessure, donc il lâche la poche de glace dans mes mains.

— Fais-le, toi, me dit-il avec douceur sans se départir de son air grave.

Il soulève la commode qu'il avait renversée et la remet en place.

— Désolé, marmonne-t-il.

Il se redresse, les mains sur les hanches, et regarde autour de lui.

— Que va-t-on faire, Aurélia ? Les fées n'ont pas leur place dans un petit appartement en ville. Tu as besoin de vivre en pleine nature, avec un grand jardin pour pouvoir faire ce que les fées aiment faire aux plantes.

Je cligne des yeux, surprise.

— Achetons des terres et construisons une maison. Avec un sous-sol pour moi et un rez-de-chaussée lumineux pour toi.

Je tremble, peinant à croire qu'il me comprenne aussi bien, moi et mes désirs.

— Est-ce que tu... Comment est-ce qu'on paierait ?

— J'ai plein d'argent, répond-il avec désinvolture.

— Et mon boulot ? Comment je ferai pour y aller ?

Il me dévisage.

— J'ai une voiture, tu pourras la prendre. Je ne te forcerai pas à démissionner, mais je crois que je vais avoir une autre discussion avec Édith pour qu'elle réduise tes heures. Ou alors, je trouverai un poste là-bas, moi aussi.

— Quoi ? dis-je en riant.

— Ben oui, pourquoi pas ? Je m'en suis bien sorti, avec ce gamin.

Je glousse.

— Tu es sérieux ?

— Je ne sais pas... pourquoi pas ? Je n'ai rien d'autre à faire. Autant me montrer un peu utile dans ce monde.

Je reste bouche bée, incapable d'assimiler tout ce qu'il vient de dire.

— Alors... ça veut dire que tu es mon petit ami ?

Il sourit.

— Oh oui, je suis ton petit ami. Je suis aussi ton vampire, ton amant et ton maître.

Il se rapproche de moi et m'enlace, avant de faire glisser sa main jusqu'à mes fesses.

— Tu veux bien me présenter tes amis, maintenant ? me demande-t-il.

Je me mordille la lèvre.

— J'imagine que je ne pourrai jamais leur dire, hein ?

Son expression devient plus grave.

— Il ne vaut mieux pas.

Je lève les yeux et me réfléchis sérieusement à ce que sera ma vie si je me mets en couple avec un vampire. Il y aura des embûches, comme le fait qu'il vive la nuit, ou ma mortalité.

— C'est courant ? Un vampire et une mortelle ensemble ?

— Je connais un vampire en ville qui est marié à une mortelle d'à peu près ton âge. Ils ont même un bébé. Personne ne sait comment. Une insémination artificielle, sans doute. On pourrait passer du temps avec eux pour voir comment ils vivent tout ça, me dit-il avec un sourire chaleureux.

Cette idée est encourageante.

— J'imagine qu'on... apprendra sur le tas ?

Il m'embrasse sur le front.

— Oui, ma belle. Je ne sais pas comment exactement, mais on a déjà établi les grandes lignes.

— C'est à dire ?

— Tu m'appartiens. Et je ne te quitterai jamais.

Les larmes me montent subitement aux yeux.

— Quoi ? me demande-t-il avec inquiétude, les sourcils froncés.

Je secoue la tête et tente de baisser les yeux.

Il place un doigt sous mon menton pour que je le regarde.

— J'ai quelque chose pour toi, annonce-t-il avec douceur. Je te l'ai acheté quand tu étais Anka. Je l'ai gardé toutes ses années, sans jamais savoir pourquoi.

Il sourit et ajoute :

— Maintenant, je le sais.

Il sort de sa poche une chaîne en or parée de dizaines de pierres précieuses.

— Des grenats ?

— Des rubis, ma belle. C'est censé être bon pour le sang et la circulation.

J'éclate de rire.

— Alors ce cadeau est pour toi. Un peu comme le corset et les bas.

Il me fait signe de pivoter.

Je me retourne et soulève mes cheveux pour qu'il puisse me passer le collier autour du cou.

— Il doit valoir une fortune, dis-je.

— Je t'achèterai toutes les pierres précieuses que tu veux. Elles ont toutes des pouvoirs spécifiques, ou en tout cas, c'est ce que croyait Anka.

Il m'embrasse dans le cou, à l'endroit qu'il a mordu un peu plus tôt.

Le collier vibre contre mon cou, et je sais que ce que dit Charlie est vrai. Mon pouls s'emballe à l'idée de continuer à développer mes pouvoirs avec Charlie.

— Tu comptes vraiment rester ?

— Tu ne pourras pas te débarrasser de moi. Tu serais obligée de me planter un pieu dans le cœur.

J'éclate de rire.

— Ça, j'ai déjà essayé. Je sais comment ça se termine.

Il m'attrape les fesses et les presses dans ses mains.

— Tu veux retenter le coup ? me demande-t-il d'une voix séductrice.

Je glousse, les yeux toujours humides.

— Je t'aime, le vampire.

Il prend un air sérieux et me caresse la joue avec son pouce.

— Je t'aime, petite fée.

A urélia

La plus belle chose que j'aie jamais vue, c'est Paris après le coucher du soleil. Enfin, la deuxième plus belle chose. La première, c'est Charlie allongé sur notre lit après un marathon sexuel. Il est nu et sublime, ses cheveux noirs étalés sur les draps blancs. Tout chez lui est langoureux et lascif... sauf son regard. Je sens ses yeux sur mon dos dévêtu alors que je sors sur notre balcon pour prendre l'air.

Debout contre la balustrade, j'admire la tour Eiffel. Je suis contente qu'il fasse nuit. J'espère que personne ne lèvera les yeux et ne me verra, car mon maître vampire est d'humeur coquine. Apparemment, son dicton préféré, c'est *à Rome, fais comme les Romains*. Et en France, habille ta fée soumise comme une soubrette.

Je porte des bas noirs translucides avec un porte-jarre-telles, et un bustier plein de dentelle bouffante. Il m'a même acheté un plumeau, mais c'est surtout lui qui s'en sert contre moi. Je n'avais jamais réalisé qu'être chatouillée pouvait être une torture.

Ma tenue est un peu froissée, à présent, mais il refuse que j'enfile un peignoir. Alors quand je me penche sur la balustrade, c'est de sa faute s'il a une vue plongeante sur mes fesses nues.

— C'est la pleine lune, ce soir, plaisanté-je.

— Oh, que oui, ronronne-t-il.

Un coup de vent me caresse le visage, et je devine qu'il s'est précipité à mes côtés. Un instant plus tard, son membre dressé se frotte à mes replis. Je cambre les fesses contre son entrejambe et ondule contre lui.

— Écarte les jambes, Fée Clochette.

Son pied sépare les miens.

— Charlie, dis-je en me redressant, mais je ne peux pas quitter le balcon, car il est sur mon chemin. Rentrons à l'intérieur. Les gens nous verront.

— Seulement s'ils lèvent les yeux.

Il pose une main sur mon dos et me penche en avant.

— Tu es nu.

— Et toi, tu es parfaite.

Il passe la main sur mon petit tablier pour me caresser.

— Chut, dit-il quand je gémis. Plus d'insolence. Sinon, je te punirai ici même.

— Tu n'oserais pas.

— Si. Alors tiens-toi bien, sinon je te fesserai, je te doigterai et je te baiserai, dit-il en abattant la main sur ma fesse.

Je pousse un petit cri étranglé et me mords la lèvre alors qu'il masse ma chair.

— Chut, quelqu'un pourrait nous entendre, ajoute-t-il. Les gens lèveront les yeux et verront tout. Mais si tu restes très, très silencieuse...

Ses doigts dansent de nouveau entre mes petites lèvres, avant de trouver mon clitoris et de lui tourner autour.

Je regarde la tour Eiffel et tente de me rappeler comment

maîtriser ma respiration. Le panorama est sublime, mais je le vois à peine. Surtout quand Charlie arrête de tourner autour du pot, place son membre contre mon sexe et se glisse en moi d'un seul coup. Mes jointures blanchissent alors que j'agrippe la balustrade et tends les fesses vers lui pour tenter de le prendre plus profondément.

Il me prend par les cheveux et me tire la tête en arrière. Il me pénètre sauvagement, m'obligeant à me mettre sur la pointe des pieds. Il me baise à la vue des passants, et à présent, je m'en fiche complètement.

— Dis-le, m'ordonne-t-il en me tirant par les cheveux en rythme avec ses coups de reins éprouvants. Dis-moi à qui tu appartiens.

— À toi, maître. Je t'appartiens.

Je le crierai sur tous les toits, s'il me le demande. Mais il fait preuve de compassion et accepte ma reddition murmurée.

Il me relève de façon à ce que je sois collée à son torse, ma tête contre sa poitrine. Son bras me prend en étau. Il pose la main sur mon cou, avant de la faire glisser jusqu'à sentir mon pouls exposé.

— Moi aussi je t'appartiens, Aurélia. Pour toujours.

Quand ses crocs percent ma peau, la tour Eiffel s'illumine. Le ciel se pare de couleurs aussi vives que des feux d'artifice, mais aussi durables qu'une aurore boréale. Des centaines de milliers de touristes sortent leurs appareils photo, et demain, les chaînes d'info feront venir des scientifiques en plateau pour qu'ils expliquent ce phénomène. Mais Charlie et moi, on connaît la vérité.

— C'est pour moi ? s'enquiert-il en contemplant le ciel.

Des ombres multicolores volettent sur son visage. Je hoche la tête du mieux que je peux avec sa main sous mon menton.

— Superbe, dit-il, mais c'est moi qu'il regarde.

LIVRE GRATUIT DE RENEE ROSE

Abonnez-vous à la newsletter de Renee

Abonnez-vous à la newsletter de Renee pour recevoir livre gratuit, des scènes bonus gratuites et pour être averti·e de ses nouvelles parutions !

https://BookHip.com/QQAPBW

Alpha Bad Boys
La Tentation de l'Alpha
Le Danger de l'Alpha
Le Trophée de l'Alpha
L'Obsession de l'Alpha
L'Amour dans l'ascenseur (Histoire bonus de La Tentation de l'Alpha)

Le Ranch des Loups
Brut
Fauve
Féral
Sauvage
Féroce
Impitoyable
Indomptée (libre)

Les Nuits de Vegas
Roi de carreau
Atout cœur

À PROPOS DE RENEE ROSE

RENEE ROSE, AUTEURE DE BEST-SELLERS D'APRÈS USA TODAY, adore les héros alpha dominants qui ne mâchent pas leurs mots ! Elle a vendu plus d'un million d'exemplaires de romans d'amour torrides, plus ou moins coquins (surtout plus). Ses livres ont figuré dans les catégories « Happily Ever After » et « Popsugar » de USA Today. Nommée *Meilleur nouvel auteur érotique* par Eroticon USA en 2013, elle a aussi remporté le prix d'*Auteur favori de science-fiction et d'anthologie* de Spunky and Sassy, celui de *Meilleur roman historique* de The Romance Reviews, et les prix de *Meilleur roman de science-fiction*, *Meilleur roman paranormal*, *Meilleur roman historique*, *Meilleur roman érotique*, *Meilleur roman avec jeux de régression*, *Couple favori* et *Auteur favori* de Spanking Romance Reviews. Elle a fait partie de la liste des meilleures ventes de USA Today cinq fois avec plusieurs anthologies.

Abonnez-vous à la newsletter de Renee pour recevoir des scènes bonus gratuites et pour être averti·e de ses nouvelles parutions!

https://www.subscribepage.com/reneerosefr

À PROPOS DE LEE SAVINO

Lee Savino, auteure figurant sur la liste des bestsellers de USA Today, écrit des romans d'amour « brixy », c'est-à-dire « brillants et sexy ». Vous pouvez la trouver en train de rôder sur sa page d'auteure là : https://www.facebook.com/Lee-Savino-Auteur-110048237376905/